國家社會科學基金重大招標項目（16ZDA174）

「十四五」時期國家重點出版物出版專項規劃項目

2021—2035年國家古籍工作規劃重點出版項目

國家古籍整理出版專項經費資助項目

歷代唐詩經典選本叢刊

詹福瑞 張廷銀

主編

唐人試帖
唐七律選

（清）毛奇齡 編撰 吳蔚 整理

鳳凰出版社

圖書在版編目（CIP）數據

唐人試帖；唐七律選 /（清）毛奇齡編撰；吳蔚整理.
南京：鳳凰出版社，2024. 8. --（歷代唐詩經典選本叢
刊 / 詹福瑞，張廷銀主編). -- ISBN 978-7-5506-4140-2

Ⅰ. I222.742

中國國家版本館CIP數據核字第202409P94W號

書　　　　名	唐人試帖　唐七律選
著　　　　者	(清)毛奇齡 編撰　吳　蔚 整理
責 任 編 輯	李相東
裝 幀 設 計	姜　嵩
責 任 監 製	程明嬌
出 版 發 行	鳳凰出版社(原江蘇古籍出版社)
	發行部電話025-83223462
出版社地址	江蘇省南京市中央路165號,郵編:210009
照　　　排	南京凱建文化發展有限公司
印　　　刷	江蘇鳳凰通達印刷有限公司
	江蘇省南京市六合區冶山鎮,郵編:211523
開　　　本	890毫米×1240毫米　1/32
印　　　張	9.875
字　　　數	230千字
版　　　次	2024年8月第1版
印　　　次	2024年8月第1次印刷
標 準 書 號	ISBN 978-7-5506-4140-2
定　　　價	88.00圓

(本書凡印裝錯誤可向承印廠調換,電話:025-57572508)

唐人試帖卷一

蕭山毛奇齡初晴氏論定

仁和王錫百朋氏
會稽田易易堂氏叅釋

○府試

初日照鳳樓　以題字為韻然必詩中明出
其字如此詩有初字韻是也
偶或王司限他字
則必註曰官韻某字

李虞中

旭景開宸極朝陽燭帝居　破題　此以對斷霞生峻
起作點注法

宇通閣麗晴虛　承題亦名此額此以領當流彩連朱檻
承題身也

騰輝照綺疏　頷此如身變猶是六朝遺習　賓寅趨陛
調不甚

《唐人試帖》書影一

垂樂府篇

向月
向弦驪聲動寒木喜氣滿晴天句那似陳王意空

宸游經上苑羽獵向閑田狡兔初逃窟纖驪詎着鞭

王國策乘三驅仍百步一發遂雙連 王易王用三驅五狐楚

纖驪策馬三驅仿百步之外曹植名影謝含霜魂離

失名

御箭連中雙兔

問袁安 藏吾盤王子猷雪夜訪戴今雪霽政云具盡已久郡于次伴泰谷陽而尚有 殘雪來可傳次闔合極巧

頭瘕興盡山陰久吹停泰谷難陽和窮巷起應有

寒柳絮沽還藍梨花落自乾碧流波底凍白見

《唐人試帖》書影二

蕭山毛奇齡秋晴氏論定

仁和　王錫百朋　李庚昰白山
　　　周崧岑年　裏巘生嵐表　仝輯

山陰盛唐橃陽　姜兆熊芭貽叅訂

杜審言

大酺

毘陵震澤九州通土女歡娛萬國同囍題無跡唐
皆得聚飲作伐皷撞鐘驚海內新秇服牋江東得
達梅花落處凝殘雪楊葉開時任好風妍也火德雲

唐七律選　卷一

《唐七律選》書影一

唐七律選卷二

蕭山毛奇齡秋晴氏論定

仁和　周崧岑年　李庚星白山　仝輯

王錫百朋　裘幟生嵐表

山陰盛唐梄陽　姜兆熊芑貽叅訂

崔顥

黃鶴樓

昔人巳乘白雲去此地空餘黃鶴樓黃鶴一去不復

返白雲千載空悠悠晴川歷歷漢陽樹芳草萋萋鸚

鵡洲日暮鄉關何處是烟波江上使人愁

《唐七律選》書影二

總　序

詹福瑞

一

中國文學總集之祖，應是《詩經》和《楚辭》。但前者是經書，後者是漢代劉向所編楚辭總集。作爲一種文體，《四庫全書》又將楚辭與別集、總集并列。所以西晋摯虞編撰的《文章流别集》被視爲最早的文章總集。《隋書·經籍志》説："總集者，以建安之後，辭賦轉繁，衆家之集，日以滋廣。晋代摯虞苦覽者之勞倦，於是采摘孔翠，芟剪繁蕪，自詩賦下，各爲條貫，合而編之，謂爲《流别》。是後文集總鈔，作者繼軌，屬辭之士，以爲覃奥，而取則焉。"惜此總集未能傳世。據《晋書·摯虞傳》："撰古文章，類聚區分爲三十卷，名曰《流别集》，各爲之論，辭理愜當，爲世所重。"再從後世輯佚《文章流别論》殘文推斷，這部總集按文體分類，每一種文體都有文字討論文體特性、流變和代表性的作家作品。由此可見《文章流别集》應是最早有選有評的文章選本，可惜我們看不到它的本來面目了。據《舊唐書·經籍志》，魏晋三國南北朝時期，有吴人薛綜《二京賦音》，宋御史褚令之《百賦音》，梁人綦毋邃《三京賦音》、郭微之《賦音》，都是爲賦集作音注的書，也都亡佚。

現在所能見到最早的文章總集，就是對後代產生很大影響的昭明太子蕭統編《文選》。此總集分三十八個體類，收錄先秦至齊梁文章七百餘篇，大多成爲傳播後世的經典之作。最早爲《文選》作注的是隋人蕭該，有《文選音》三卷。據《舊唐書·儒學上》，唐初，曹憲傳授《文選》，作《文選音義》十卷，另有公孫羅《文選音義》十卷、釋許淹《文選音》十卷，都曾流傳於當世。可惜唯有曹憲的學生李善注《文選》流傳下來，影響後世甚大。唐玄宗開元年間，工部侍郎吕延祚召集吕延濟、劉良、張銑、吕向、李周翰五人爲《文選》作注，即《文選》五臣注。由此可見，編纂選本，到唐代已經成爲傳統。

二

　　唐人選唐詩流傳到今的有十餘種，另有數種僅存書名的選本。當時選本中出現了所選詩人都有評語的選本，如《河岳英靈集》，"先概括這位詩人的風格，然後舉出他的一些佳句，開了摘句評詩的風氣"①。高仲武《中興間氣集》自序謂選詩亦"略叙品彙人倫"，對所選詩人，也有評語。兩書對後代產生了深遠影響，但宋金元時期却未見這兩個選本的評注本。已知最早爲唐詩選本進行評點者，爲南宋時少章。時少章，字天彝，南宋經學家，曾受業於吕祖謙。時少章評點王安石《唐百家詩選》，其書亡佚不傳，元代吴師道《吴禮部詩話》記載了時少章評語，殊爲可貴。《吴禮部詩話》云："時天彝詩，見下卷。其書《唐百家詩選》後諸評，深知唐人詩法者也，悉録於後。"時少章評語雖簡短，却能抓住詩人特點，如"高適才高，頗有雄氣，其詩不習而能，雖乏小巧，終是大才。岑嘉州與子美游，長於五言，皆唐詩巨擘也"，"盧仝奇怪，賈島寒澀，自成一家"②。明代胡應麟《詩藪》稱"南渡時天彝少章者，吾郡人。嘗評《唐百家詩》，多切中語，而詩流罕見稱述"③，評價甚高。

　　現存最早的唐詩選本注本爲《注解章泉澗泉二先生選唐詩》，亦稱《注解選唐詩》。此選本爲南宋中期趙蕃、韓淲編，南宋末年謝枋得注。趙蕃，字昌父，號章泉；韓淲，字仲止，號澗泉，皆上饒（今江西省上饒市）人。謝枋得，字君直，號疊山，弋陽（今江西省弋陽縣）人。南宋末年，風雨飄摇，社稷動蕩，謝枋得積極參與抗元鬥爭，宋亡後拒絕出仕，不屈而死。《注解選唐詩》共五卷，收唐人七言絕句 101 首，南宋詩風

---

　　①　施蟄存《唐詩百話·歷代唐詩選本叙録》，華東師範大學出版社 2018 年版，第562 頁。

　　②　丁福保輯《歷代詩話續編》，中華書局 1983 年版，第 611、613 頁。

　　③　胡應麟《詩藪》雜編卷五，見《續修四庫全書·集部·詩文評類》，上海古籍出版社2002 年版，第 1696 册，第 229 頁。

宗晚唐,故選晚唐詩人最多。謝枋得於選本前有序,稱"幽不足動天地感鬼神,明不足厚人倫移風俗,删後真無詩矣","其微言緒論關世道、繫天運者甚衆"①,強調儒家詩教的作用,是與南宋末的社會背景緊密相關的。謝枋得注解唐詩,不注字詞和典故出處,而是綜括詩意,如錢起《暮春歸故山草堂》注曰:"春光欲盡,鶯老花殘,獨山窗幽竹不改清陰,如待主人之歸。此與'歲寒然後知松柏之後凋'同意。"注語隱含了謝枋得威武不屈、貧賤不移的道德情操。謝枋得注語有時結合親身考察經歷,既深度闡釋詩歌內涵,也增加了真實性,如注解杜牧《赤壁》,詳述自己考察蒲圻赤壁及與當地父老交談的情況,顯然比在書齋坐擁古書要真切生動得多,令人耳目一新。比謝枋得稍晚的胡次焱在此基礎上復爲贅箋,是爲《贅箋唐詩絕句》,其序稱"叠翁注章澗二泉先生選唐絕句,次焱不自黯陋,復爲贅箋","其大要主于淑人心、扶世教云耳"②,其主旨與謝枋得注是一致的。

　　南宋末年,周弼編《唐三體詩》。周弼,字伯弼,汶陽(今山東省汶上縣)人。此書專選唐代七絕、七律、五律,故稱"三體"。當時詩壇深陷江西詩派、江湖詩派桎梏,周弼以三體唐詩爲例,強調作詩法度,以糾時弊,與以往唐詩選本相比,角度新穎,具有創新性。宋末元初釋圓至爲《唐三體詩》作注。圓至,俗姓姚,字牧潛,號天隱,高安(今江西省高安市)人。釋圓至注《唐三體詩》,在原來六卷基礎上增至二十卷,是爲《唐三體詩說》,亦稱《箋注唐賢三體詩法》。元成宗大德九年(1305),長洲陳湖磧砂寺僧魁天紀出資,刻置寺中,故又稱《磧砂唐詩》。元初詩壇宗唐,由是《磧砂唐詩》盛傳人間。釋圓至注詩,有題注、夾注、尾注等形式,頗爲詳盡,如王維《九日懷山東兄弟》"遙知兄弟登高處"下注曰:"《齊諧志》:費長房謂桓景:'九月九日汝家有灾,急令家人縫絳囊,盛茱萸繫臂上,登高飲菊花酒,此禍乃消。'九日登高起於此。"詩末注曰:"舊史稱維閨門友悌,事母孝,觀此詩信矣。維作此詩年十七。"釋圓至注也有牽強附會之處,故四庫館臣稱其"疏陋殊甚"。

---

　　①　曾棗莊、劉琳主編《全宋文》,上海辭書出版社、安徽教育出版社 2006 年版,第 355 册,第 107 頁。

　　②　李修生主編《全元文》,江蘇古籍出版社 1998 年版,第 8 册,第 233、234 頁。

　　《唐詩鼓吹》，金元好問編。元好問，字裕之，號遺山，秀容（今山西省忻州市）人，金代文學家。《唐詩鼓吹》專選唐代七律，以中晚唐爲主，這與金代詩風有關。金人作詩，越宋而學唐。施蟄存《唐詩百話》説："南宋中、晚期，詩人爭學晚唐五言律詩；在北方的金元，則詩人都作中、晚唐七言律詩。故南宋的《衆妙集》多取五律，而北方的《唐詩鼓吹》全取七律。"①元好問親歷了金末元初的家國巨變，金亡不仕，往來齊魯燕趙之地，其詩慷慨悲涼，而晚唐江河日下，詩風沉鬱，正與金末有相似之處。元好問除了寫詩傾吐哀怨，也借編選《唐詩鼓吹》以澆胸中塊壘。所以，《唐詩鼓吹》是金末元初特定時代、詩風宗唐以及元好問的遭遇心境等衆多因素共同催生的唐詩選本。《唐詩鼓吹》元代有郝天挺注本。郝天挺，字繼先，號新齋，元初文學家，早年師從元好問，歷任吏部尚書、中書左丞等。郝天挺注分爲題注、夾注等，詩人名下有小傳，頗爲詳盡。如柳宗元名下有小傳，《登柳州城樓寄漳汀封連四州》題下詳注永貞革新失敗及柳宗元、劉禹錫等被貶之事。許渾《題衛將軍廟》"秦兵纔散魯連歸"句下，郝天挺注引《史記·魯仲連列傳》概述始末。郝天挺明瞭元好問的編選初衷和隱含的心曲，其注深得趙孟頫稱譽。趙孟頫《左丞郝公注唐詩鼓吹序》稱："公以經濟之才坐廟堂，以韋布之學研文字，出其博洽之餘，探隱發奧，人爲之傳，句爲之釋，或意在言外，或事出異書，公悉取而附見之。使誦其詩者知其人，識其事物者達其義，覽其詞者見其指歸，然後唐人之精神情性，始無所隱遁焉。嗟夫！唐人之於詩美矣，非遺山不能盡去取之工；遺山之意深矣，非公不能發比興之蘊。"②對郝天挺注給予了很高的評價。

　　自殷璠《河岳英靈集》之後，諸多選本均重中晚唐而不及盛唐，元代楊士弘對此頗爲不滿，故編選《唐音》，分爲始音、正音、遺響。楊士弘，字伯謙，元末人，祖籍襄城（今河南省襄城縣），後徙居臨江（今屬江西省樟樹市）。楊士弘以"音"論詩，并非把始音、正音、遺響與初唐、盛唐、中晚唐簡單對應，而是強調選詩重"音律之純"，"正音"既有

①　施蟄存《唐詩百話·歷代唐詩選本叙錄》，第568頁。
②　李修生主編《全元文》，第19冊，第74—75頁。

晚唐詩人，"遺響"也有盛唐詩人。楊士弘推重盛唐，强調"音律之和協，詞語之精粹，類分爲卷，專取乎盛唐者，欲以見其音律之純，繫乎世道之盛"，直接開啓了明代"詩必盛唐"的詩學觀。《唐音》面世後，影響較大，也引發了明人的評注，其中以明代顧璘批點和張震注最有價值。

三

明代前期專門的唐詩評點本很少見到，對唐詩的批評往往集中於詩話一類的著作中。注本也不多見，有成化十一年（1475）刻本《七體唐詩正音補注》二卷，乃王庸爲楊士弘所輯唐詩選本的注本。

到了明中葉，前、後七子掀起了詩壇復古運動，高倡"詩必盛唐"，士人對唐詩的價值有了充分的體認，對唐詩的推崇漸成風氣，這直接促成了唐詩評點的發達。其中有敖英輯評的《類編唐詩七言絶句》，於大多數詩後都有評語，言簡意賅。還有朱梧批點《琬琰清音》，此書專録唐人五、七言律詩，據朱氏自序所言，所選七律旁及中晚唐，而五律則只取十四家。該書對詩句多有圈點，而批點大都在詩題下，多爲兩字，如"清切""深婉"，極爲精要。以上這些唐詩評點大都比較簡單，點到爲止，屬於一種感悟式評點。

此時也出現了批點内容豐富且自成體系的唐詩評點本，如顧璘的《批點唐音》。顧璘，字華玉，號東橋居士，明代文學家。顧璘《題批點〈唐音〉前》稱："余弘治間舉進士，請告還江南，始學詩，一意唐風，若所批點《唐音》，乃其用力功程也。"①顧璘批點，分題批、夾批、尾批、點批等多種形式，言簡意賅，頗爲精到。如王勃《杜少府之任蜀州》夾批："多少嘆息，不見愁語。""讀《送盧主簿》并《白下驛》及此詩，乃知初唐所以盛，晚唐所以衰。"又如崔顥《黄鶴樓》題批："此篇太白所推服，想是一時登臨，高興流出。未必常有此作。前四句叙樓名之由，後四句寓感慨之情。起句高邁，賦景且切實。"尾批曰："一氣渾成，太白所以

<hr />

①　參見楊士弘編選，張震輯注，顧璘評點，陶文鵬、魏祖欽整理點校《唐音評注》，河北大學出版社、貴州人民出版社2010年版，第18頁。

見屈。"明代温秀《批點〈唐音〉跋》稱："大司空東橋夫子取楊士弘所編《唐音》而品題之,考其格律,比其意興,辨其體製,究其條理,所謂具正法眼持最上乘禪者。"①對顧璘批點給予充分肯定。

張震注《唐音》,不僅注出艱深字詞,還參閱史籍,廣徵博引,舉凡地名、人名、典故,一并注出。張震注詩,最突出的是增加了自己的價值判斷,如薛稷《秋日還京陝西十里作》,張震注曰："《選詩》注云:此篇能從容於古法之中,而托音簡遠,自非拘拘模擬者所可及也。然按嗣通此詩,其自喻之意雖有凛然不可犯之色,然卒死於太平之黨,而言不掩行,良可悲也。"既肯定詩歌表達凛然之氣,也指出薛稷先後依附張易之、太平公主,終坐罪賜死。張震注詩往往獨出新意,如儲光羲《田家雜興八首》,諸多評家多着眼描摹田園實景,而張震注却認爲"要皆感時傷古、托興取喻而言也",體察細微於此可見。張震注有時過於煩瑣,如王維《夷門歌》,張震注"秦兵益圍邯鄲急"近四百字,幾乎是《史記·魏公子列傳》的節縮版,有"掉書袋"之嫌。

另有桂天祥《批點唐詩正聲》。桂天祥,字子興,江西臨川(今江西省撫州市臨川區)人,嘉靖乙丑(1565)進士,授祁門知縣,後擢監察御史巡按山西,曾出知大名府,"考績天下第一,卒於官"。《唐詩正聲》爲高棅編選。桂天祥對《唐詩正聲》的批點,有六百二十餘條,有題下批、天頭批、夾批、尾批等。批點很少涉及詩人生平、詩歌本事、用典、主旨等,他關注的重點是一代詩風和個體詩人風格,很多評點討論的是詩歌的格調、用字、風格、布局等,議論精當,是明代唐詩選本評點中較有代表性的評點之一。

顧璘《批點唐音》和桂天祥《批點唐詩正聲》兩部唐詩選本批點本皆爲復古派詩學思潮影響下的产物,它們都尊初盛唐(尤其是盛唐),而貶抑中晚唐,它們都將"格調"作爲批點唐詩的重要元素,以批點的方式對復古派詩學思想進行具體演繹。此類批點點面結合,對唐詩有着較爲深刻的體認,并能够直觀地給讀者以導引,使其評點的唐詩以

---

① 參見楊士弘編選,張震輯注,顧璘評點,陶文鵬、魏祖欽整理點校《唐音評注》,第830頁。

及評點者本人的詩學觀念得到更爲直接而有效的傳播。

　　經過前、中期的摸索、積累，到明萬曆時期，對唐詩的評點與注釋已蔚然成風，其中僅李攀龍的《唐詩選》就有蔣一葵、王穉登、鍾惺、高江、陳繼儒、李頤、孫鑛、凌宏憲、劉孔敦、黄家鼎、葉羲昂等多家評注本。這説明復古派的詩學思想雖受到晚明性靈大潮的强烈衝擊，但仍具有一定的影響力。有的選本則通過箋注評釋來表達自己的詩學見解與主張，如《唐詩歸》與《唐詩鏡》。二書都是晚明詩學思潮影響下的重要唐詩選本，鍾惺、譚元春的《唐詩歸》對唐詩的評點不同於明中期評點本着重格調、字法句法等，而是着眼於詩人的性情、精神。不取聲響，特標性靈，要求接唐人之精神，這是吸取了公安派的合理内核來矯正七子派末流因襲模擬之弊。陸時雍所編《唐詩鏡》五十四卷，在成書時間上晚於鍾、譚的《唐詩歸》，針對格調派的“好大好高”，性靈派的“好奇好異”，力求在格調與性靈之間尋找新的突破口，常以“韶聲”“晬神”之“韵”來評點唐詩，拈出了“神韵”作爲調和衆家的新的選詩取徑。郝敬所編《批選唐詩》則是針對竟陵派“别求所謂單緒微旨，不與群言伍者爲獨創，好人之所惡，是謂拂人之性”[1]，在評點唐詩時體現出理學家的審美視角。唐汝詢所編《唐詩解》五十卷，是一部《唐詩正聲》與《唐詩選》的合選本，唐汝詢專門將兩部以盛唐爲主的唐詩選本重新編排，合二爲一，表明他對復古派尊崇盛唐思想的支持與認同。詩後均有注解，以雙行夾注的形式附於詩句下，有正注、互注、訓注之别，均“按諸本籍，參互古書”[2]，其注解附於篇末，闡發詩意，類似串講。此外還有李維楨所編《唐詩雋》四卷，前有《唐詩雋論則》，主要講各體之創作法則。每一詩人初次出現時會附有簡要的小傳，題注、章節附注、眉批皆有，是一個評注合一本。

　　將前朝或當朝名家對唐詩所作的評注彙集在一起，使唐詩選本成爲帶有集成性質的彙評本，可以説是明代後期唐詩評注最突出的特色。如《增定評注唐詩正聲》書前《凡例》中云：“是編評者悉遵劉、楊、

---

[1]　郝敬《批選唐詩題辭》，明崇禎元年刻本。
[2]　唐汝詢《唐詩解·凡例》，明萬曆四十三年刻本。

王、顧、鍾、譚、唐諸名家,于鱗評詩少見筆札,蔣評李選未必悉當,今采其合者而標爲'李云',以便觀覽。如係近代名公定評,間爲采入而著其字;若迂談僻解,過中泛論,一無取焉。""是編評注輿論并收,間參私臆。"①由此可見其彙評性質。又如凌瑞森、凌南榮輯評《李于鱗唐詩廣選》,書前《評詩名家姓字》列殷璠、高仲武、釋皎然、蘇軾、王安石等六十家,凌瑞森、凌南榮識語中亦言:"余輩既謀刻子與先生所評《唐詩選》矣,已而思寥寥數語,恐未足以盡詩之變,因廣采唐宋以及國朝諸名家議論衷益之,亦爛焉成帙。"②沈子來《唐詩三集合編》在許多詩人詩作下都引前人如劉辰翁、范德機、蔣一葵、顧璘等人評語。他如唐汝詢《彙編唐詩十集》、徐克《詳注百家唐詩彙選》、徐用吾《唐詩分類繩尺》等均帶有彙評性質。而在現今所能見到的唐詩選本中,彙評最爲豐富的當屬周珽所輯《唐詩選脈會通評林》,此書彙集評語極爲豐富,既有書前的《古今名家論括》中高棅、李維楨等八人對唐詩的統論,亦在每一詩體前引述前賢對此體的論述,并且在每一詩人名下、每首詩之後都廣引劉辰翁、嚴羽、徐獻忠、李夢陽、何景明、徐禎卿、顧璘、蔣一葵、楊慎、胡應麟、鍾惺、唐汝詢、郭濬、陸時雍等名家的評語,間附己評。如此衆多的彙評難免招致"貪多務博,冗雜特甚,疏舛亦多"③的批評,但是它將諸多名家的批評意見彙集在一起,使讀者能夠從不同角度鑒賞學習、批評領悟唐詩,對於提高讀者的鑒別能力有一定幫助,也在一定程度上具有了批評史的意味。

四

　　目前可見清代唐詩選本的數量極爲可觀,其評注情況亦需分而論之。一類是對前代唐詩選本的再次編選、箋注、續編,有四十種左右,集中於韋縠《才調集》、周弼《唐三體詩》、元好問《唐詩鼓吹》、高棅《唐詩品彙》、李攀龍《唐詩選》、張之象《唐詩類苑》、唐汝詢《唐詩解》。如《才調集》有吳兆宜《才調集箋注》,周楨《才調集集注》,馮舒、馮班《二

---

①　高棅編、郭濬增定《增定評注唐詩正聲》,明天啓六年刊本。

②　凌瑞森、凌南榮輯評《李于鱗唐詩廣選》,明萬曆二年凌氏盟鷗館刻朱墨套印本。

③　永瑢等《四庫全書總目》,中華書局 1965 年版,第 1762 頁。

馮評點才調集》，紀昀《删正二馮評閱才調集》，殷元勛箋注、宋邦綏補注《才調集補注》，天闚山人《才調集七律詩選》。從類型上來説，包括重新編選的選本，如王士禎重新編選了唐人選唐詩九種，以及宋姚鉉《唐文粹》，合爲《十種唐詩選》十七卷，這十種選本僅爲詩選，未加評注。還有王士禎《唐人萬首絶句選》、宮夢仁《文苑英華選》、朱克生《唐詩品彙删》、劉邦彥《唐詩歸折衷》。補編、續編類選本，如李懷民《重訂中晚唐詩主客圖》、郭麐《唐文粹補遺》、高士奇《續唐三體詩》、悔齋學人《續千家詩》。更多的是對前代選本的箋注、評點，如《唐詩鼓吹》，有元郝天挺注，明廖文炳解，清錢朝鼐、王俊臣校注，清王清臣、陸貽典參解《唐詩鼓吹》，元郝天挺注，明廖文炳注解，清朱三錫評《東岩草堂評訂唐詩鼓吹》，清錢謙益、何焯評注《唐詩鼓吹評注》，清吳汝綸評《桐城吳先生評點唐詩鼓吹》。這些選本在清代被重新整理，原因有這樣幾個方面：一是唐宋時期的唐詩選本大多没有評注，給後人留下了評注的空間；二是唐宋人選本對後世的影響較大，流傳較廣；三是清人借此建立自己的詩學觀念，或者糾正明人的偏頗。

　　另一類則是清人編選的唐詩選本。由清代學者親自編纂和選定的選本占據了絶大多數，這些選本大多有箋評。僅以選詩爲務，無箋無評的選本數量不足百種，主要包括一些合選多家詩人的選本和以鈔録爲主的選本，如聶先、莊同生、党續武《唐人咏物詩》，汪立名《唐四家詩》，胡鳳丹《唐四家詩集》，劉雲份《八劉唐人詩》《十三唐人詩》《全唐劉氏詩》，姚培謙《唐宋八家詩》，弘曆《唐宋詩醇》，管世銘《讀雪山房唐詩》，張懷溥《唐宋四家詩鈔》，曾國藩《十八家詩鈔》（有極少量的評點），陳溥《寒山拾得詩鈔》，翁方綱《七言律詩鈔》，金世綬《讀全唐詩抄》，佚名《唐詩偶録》，沈裳錦《全唐近體詩抄》，以及薛雪《唐人小律花雨集》、朱存孝《唐詩玉臺新咏》等。這些選本雖然没有箋評，但大多有前言、總序、分類題解、詩人小序等，用以闡明選詩緣由和選詩標準等。

　　這類選本中比較特殊的兩種是王士禎《唐賢三昧集》和蘅塘退士《唐詩三百首》，兩書在成書時没有評注，但因其對後世的影響很大，所以出現了多部箋注、評解、續編的選本，如吳煊、胡棠《唐賢三昧集箋

注》,史承豫《唐賢小三昧集》,周詠棠《唐賢小三昧集續集》,文昭《唐
賢三昧集前正續後編》(又名《廣唐賢三昧集》),章燮《唐詩三百首注
疏》,陳婉俊《唐詩三百首補注》,于慶元《唐詩三百首續選》,李盤根
《注釋唐詩三百首》,文元輔《唐詩三百首輯評》,李松壽、李筠壽《唐詩
三百首箋》等。

在清代具有注釋、評點、解詩的唐詩選本還是占大多數,總量有二
百種左右,但這些選本在注、評、解方面并非同等用力,而是各有側重。
以箋注爲主的選本集中於試帖詩選、童蒙詩選。清代試帖詩選數量較
多,有近四十種,如毛奇齡《唐人試帖》,葉忱、葉棟《唐詩應試備體》,
毛張健《試體唐詩》,紀昀《唐人試律說》,吳學濂《唐人應試六韵詩》,
臧岳《應試唐詩類釋》,周京、王鼎《唐律酌雅》,陶元藻《唐詩向榮集》,
秦錫淳《唐詩試帖箋林》等,試帖詩選編選唐代試帖詩,大多箋釋詩歌
的典故、平仄、用韵、用字等,但也會對詩歌的結構、作詩的方式等加以
評解,如指出首句點題、頷聯承題、尾聯祈請語等,有的選本也會對突
出的詩句作出評點。便讀類唐詩選本是給蒙童使用的讀本,在清代有
十餘種,這樣的選本集中出現於清代晚期,可能與《唐詩三百首》的流
行有關。如胡本淵《唐詩三百首近體》、吳淦《唐詩啓蒙》、馮夢庵《唐
詩課本》、鄧尉山人《唐詩讀本》、佚名《唐詩便讀》等,作爲蒙學讀本,
注重對詞意、讀音、异文、典故的注釋,同時也會對詩歌主旨、風格、詩
法作出解析。

清代的唐詩選本中,有一些無箋注有評語的選本,如張揔《唐風
懷》、汪森《韓柳詩選》、陸次雲《唐詩善鳴集》、岳端《寒瘦集》、毛奇齡
《唐七律選》、吳震方《放膽詩》、徐倬《全唐詩録》、屈復《唐詩成法》、喬
億《大曆詩略》、李懷民《重訂中晚唐詩主客圖》、陳世鎔《求志居唐詩
選》等。當然,這些選本評語的類型也有所不同,如吳震方《放膽詩》
是以評點爲主,屈復《唐詩成法》以分析詩法結構爲主。

此外,更多的是箋注、評點皆具,但以評點爲主的選本,如王夫之
《唐詩評選》,黃周星《唐詩快》,沈德潛《唐詩別裁集》,劉宏煦、李德舉
《唐詩真趣編》等,評點內容涉及詩歌內容主題、思想感情和藝術手法
等多個方面,如黃周星評杜甫《短歌行贈王郎司直》:"起句如太華五

千仞劈地插天,安得不驚其奇崛。"①是很典型的詩歌評點。

　　以解詩爲主的唐詩選本數量較多,解詩即解析旨意、作法,這一類選本以金聖歎《貫華堂選批唐才子詩》,黃生《唐詩矩》《唐詩摘抄》,徐增《而庵説唐詩》,趙臣瑗《唐詩七言律選》,顧安《唐律消夏録》,王堯衢《古唐詩合解》,李鍈《詩法易簡録》等爲代表。事實上編選近體詩的唐詩選本在詩歌評注中大多都涉及解詩的内容,而清代的近體詩選本有近四十種。上舉的這些選本大多總結出選者自己的一套詩法理論,如金聖歎將七律分前解和後解,徐增在五律中運用金聖歎的"起承轉合"之法,趙臣瑗則細化到七律八句之間的關聯,黃生甚至歸納爲起聯總冒格、全篇直叙格、全篇全叙格、虚實相間格、顛倒叙題格等共22種詩格。而吴烶《唐詩選勝直解》則借鑒唐汝詢《唐詩解》的解詩方法,是對詩歌内容的解讀,但又避免了過度解讀,體現出其"直解"的特點,如評李白《秋登宣城謝朓北樓》:"宣城山水奇秀,秋曉尤佳。按雙橋,一名鳳皇,一名濟用,若彩虹然。橘柚因人烟而寒,梧桐經秋色而老。登斯樓也,直欲起謝公而問之,一通其羨慕之思耳。通首是詩中之畫,妙! 妙!"②不同於《唐詩解》"宣城山水奇秀,曉望尤佳。水明若鏡,橋架成虹,皆畫景也。人烟因橘柚而寒,秋色爲梧桐而老。斯時也,誰念我登北樓而懷謝朓乎? 蓋言調諧古人而世人知己者寡也"③的"揣意摹情則自發議論"④。

五

　　自唐至清,唐詩選本數量繁多,本叢書計劃整理二十餘種,選擇哪些選本進行整理,遵循了什麼樣的原則,在此需要加以説明。一是選擇在一個時期内其詩學思想具有代表性,或者在當時影響較大的選本,如殷璠《河岳英靈集》,王安石《唐百家詩選》,元好問《唐詩鼓吹》,高棅《唐詩正聲》,李攀龍《唐詩選》,鍾惺、譚元春《唐詩歸》,唐汝詢

① 黃周星《唐詩快》卷六,清康熙二十六年書帶草堂刻本。
② 吴烶《唐詩選勝直解》五言律詩,清康熙二十六年刻本。
③ 唐汝詢《唐詩解》卷三十三,明萬曆四十三年刻本。
④ 唐汝詢《唐詩解·凡例》,明萬曆四十三年刻本。

《唐詩解》等。對於這些選本,在整理中注意挑選精良的底本,以及後世較好的箋評本,并且不避習見,有些選本如《唐詩鼓吹》《唐詩選》《唐詩解》等,已有整理本出版,但因其價值突出、存世版本多樣,仍選擇較稀見的後世箋評本進行整理,旨在展現選本在詩歌理論發展中的重要地位。二是選擇在注釋、評點方面頗具特色的選本,如趙蕃、韓淲編,謝枋得注《注解章泉澗泉二先生選唐詩》,黃周星《唐詩快》,趙臣瑗《唐詩七言律選》,黃叔燦《唐詩箋注》,屈復《唐詩成法》等。箋評是這些選本的亮點,如阮元《注解章泉澗泉二先生選唐詩》提要云:"枋得之注能得唐詩言外之旨,可以爲讀唐詩者之津筏。"①黃周星《唐詩快自序》説自己選詩"不問穠澹淺深,惟一以性情爲斷"②,其評語也極具"性情"。吳家龍在《唐詩成法》序言中稱屈復"所選注《唐詩成法》八卷,皆取法律兼備五七言近體,注其作意,以及字句相承之脉絡,使學者了然知有矩度"③。這些箋評不僅體現了詩歌批評形式、批評範疇的演變過程,而且揭示了唐詩的經典內涵,推動了唐詩的經典化。三是選擇帶有教學、普及性質的試帖詩選本和童蒙選本,如毛奇齡《唐人試帖》、胡本淵《唐詩三百首近體》。試帖詩選本和童蒙選本的數量在清代達到最高,乾隆二十二年(1757)恢復了中斷近四百年的科舉試詩,隨之出現大量的唐試帖詩選本,而童蒙類選本以《唐詩三百首》最爲著名、流傳最廣,目前可見清代流傳的版本已近三十種。通過這兩類唐詩選本,可以窺見中國古代以詩歌啓蒙教育和應試教育的特點,以及古人學習作詩的基本要求、核心內容,由此又可以深入探究一些古典詩歌發展史的大問題了。

---

① 阮元《四庫未收書目提要》卷一,清光緒四年淞隱閣鉛印本。
② 黃周星《唐詩快自序》,清康熙二十六年書帶草堂刻本。
③ 屈復《唐詩成法》吳家龍序,清乾隆八年刻本。

目　録

唐人試帖

共一百二十七題,得詩一百五十九首

唐七律選

右七十五人得詩二百六首

附　録

前　言

一、毛奇齡與《唐人試帖　唐七律選》版本

毛奇齡(1623—1716)，浙江蕭山(今屬杭州)人，字大可，又字于一，號西河，世稱西河先生，又號河右、初晴、晚晴。明末清初經學家、文學家。順治初年曾參加抗清義軍，後變姓名逃亡十餘年。康熙十八年(1679)舉博學鴻詞，授翰林院檢討，充史館修撰。康熙二十四年(1685)引疾辭官歸隱，居杭州專心著述。康熙五十五年(1716)病逝。

毛奇齡的人品歷來褒貶不一，由此累及對其學術、創作之評價毀譽參半。他雖長於經術，傲倪當世，"著述之富，甲於近代"①，當代學者蔣寅雖然認爲"他的學問在清初顯得很獨特，也很難評價"②，實則批評他將儒學的社會意義淹没在對經籍的考辨中。其詩學觀點大抵尊唐抑宋，又被譏爲具有清初康熙朝鮮明的政治色彩。他不喜蘇軾，《西河詩話》中有關"春江水暖鴨先知"的評論，又被傳爲詩壇笑柄。實際上，毛奇齡的性格偏激，喜歡辯駁求勝，對不喜歡的作品，總是加以反駁，故有此言。他煞有介事地開玩笑，却被王士禎寫進詩話，就被人當真了。

---

① 　(清)紀昀總纂《四庫全書總目提要》，河北人民出版社 2000 年版，第 4534 頁。
② 　蔣寅《清初錢塘詩人和毛奇齡的詩學傾向》，《湖南社會科學》2008 年第 5 期。

　　他雖作詩近萬首,但自謂"酬應者十九,宴游者十一,登臨感寄無聞焉"。雖大體如此,但亦有自謙之成分。其懷古詠史之作,寄寓家國興亡之感,多有動人之處。如《贈柳生》詩云:"流落人間柳敬亭,消除豪氣鬢星星。江南多少前朝事,説與人間不忍聽。"[1]此詩藉傳奇説書藝人柳敬亭抒發自我的故國之思,含蓄深沉。錢仲聯《中國文學家大辭典・清代卷》評毛氏"詩尚奇麗,徑路與雲間爲近,規模唐人,後又變化,由三唐而上窺齊梁。中年以前所作,豪宕哀感,多見性情。通籍後更近莊雅"[2]。此持論頗爲公允。如他的詩歌《飲馬城邊曲》(其二):"城邊飲馬莫辭遐,將采燕山二月花。日在陣前誰見敵,薊門關外盡風沙。"與唐代邊塞詩人高適、岑參之作相類。

　　毛奇齡《唐人試帖》被認爲是試律詩學的初創之作。清初士子對試律體制甚爲陌生。朝廷有意取士,而士子缺乏指導。毛氏曾從顧茂倫家得《唐人試帖》一本,旅途之中時常仿作。康熙庚辰(1700),因士子獨不得於試律而下第,就聲律以相咨詢,於是出舊藏《唐人試帖》,汰去其半,略作考訂與評點,遂成是書。全書分4卷,共127題,159首。書前有毛氏自作之序。書中有毛氏及門人王錫和田易之注釋、題解、圈點、評説。毛氏與門人習作亦附於詩後以作比較。其評説突出明辨體制,強調試律詩與其他詩歌體裁之區別;重視試律詩與八比的聯繫,首開以八比論詩;從審題法、句法、押韻法、調度法幾個方面提出了試帖詩創作方法理論;常以氣論詩,重在提高創作主體的精神品格。毛氏提出的審美原則和創作規範在後世理論著作中多有餘緒,對後世影響深遠,爲清代試律

---

　　① 　沈德潛撰、賀嚴整理《沈德潛全集》第13册,《清詩别裁集》,鳳凰出版社2021年版,第533頁。

　　② 　錢仲聯主編《中國文學家大辭典・清代卷》,中華書局1996年版,第73頁。

詩學理論建構奠定了基礎。

　　《唐人試帖》與毛奇齡的另一部唐詩選本《唐七律選》多爲合并刊刻。經中國國家圖書館網站檢索,得該書館藏資源兩種:一種著録爲清康熙間本,學正堂藏板;一種著録爲康熙四十至四十一年(1701—1702)刊,《中國古籍珍本叢刊·暨南大學圖書館卷》影印暨南大學藏本。後者内封已不存,雖不見版權出處,但核對行款、字體等,應與學正堂藏板爲同一版本。上海師範大學古籍特藏館也藏有該版的完整版本。經檢索南京大學圖書館古籍文獻資源庫,得復旦大學藏有清康熙間蕭山毛氏刻本 1 函 2 册,清康熙間翻蕭山毛氏刻本 1 函 1 册;又得蘇州大學藏書帶草堂本 4 卷,目録前標注"洞庭鄭尚忠德傳、鄭尚志德備重校",目録後標注爲康熙乙未後二十餘年重校。另據傅璇琮《中國詩學大辭典》所述,"康熙乙未(1715)有縮字鎸行本",康熙乙未即康熙五十四年;"二十餘年後又有鄭尚志書帶草堂藏板(有鄭序和校正)、學者堂藏板"①,時間大約在乾隆初年。

　　本次整理采用學正堂藏板,共找到三種藏本,即上文所述中國國家圖書館本、暨南大學本及上海師範大學藏本。根據三種藏本的情况,本次整理以上師大藏本爲底本,以國圖本爲校本,並參校暨南大學藏本和蘇州大學書帶草堂本。

　　國圖藏毛奇齡選評《唐人試帖　唐七律選》合刊本,爲清康熙間學正堂藏板。此本字迹清晰,但《唐人試帖》卷四《郎官上應列宿》一詩標題之後四頁缺失。除此之外,此本有多處明顯文字訛誤,如書末按語中"破題用韓愈碑,四夫而爲百世師","四夫"爲"匹夫"之誤;卷四《白雲起封中》田易注"漢武東封泰山",

---

　　①　傅璇琮等主編《中國詩學大辭典》,浙江教育出版社 1999 年版,第 753 頁。

“泰”字誤作“秦”字。本書有圈點，無墨筆批注評點。

　　《中國古籍珍本叢刊·暨南大學圖書館卷》影印暨南大學藏《唐人試帖　唐七律選》，雖正文書頁齊全，但多有破損。內封及首頁缺失，《唐人試帖》第二頁至第四頁之序言均有破損造成的文字缺失，書內數處字迹模糊無法辨認。該書有墨筆圈點，無墨筆評點。其文字訛誤少於國圖本，但仍有個別錯誤。

　　上海師範大學藏清康熙間學正堂藏本，保存完好，無缺失，字迹清晰，且幾無訛誤。其中《唐人試帖》與國圖本相比有 16 處文字不同，與暨大本對比亦有 2 處不同，異文多以此本爲優，例如：國圖本卷三《謝真人仙駕過舊山》後焦郁詩作注釋中有“泰語刻畫殆盡”之語，上師大本作“六語刻劃殆盡”，顯然更符合語境。卷三《吳宮教美人戰》葉季良作之後附詩，上師大本作“金甲擐衣紫，琱旗捲汗紅”，暨大本“汗”字誤作“汙”字。

　　上師大本的價值不僅在於保存完整、精刊精校，更在於《唐人試帖》有朱批和墨批評點批注。如上師大本有不少墨筆改字，有很高的參考價值，例如：卷二《觀淬龍泉劍》裴夷所作“歐治將成器”，“治”字下朱筆改爲“冶”，歐冶之名與題下注釋同；卷三范傳正詩“種松鱗未老，移石蘚仍班”，“班”字旁朱筆改爲“斑”，似更爲準確。手批評點包括眉批、行批、尾批、總批等，涉及文字考訂、音義訓詁、詩歌評點，內容十分豐富，顯示出評點者極高的樸學功底和詩學修養。

　　揚州大學書帶草堂本無手書批注，且《唐人試帖》序言前半部分和卷四最後幾頁有殘缺，但校訂了不少文字的訛誤，並彌補了學正堂藏板缺失的文字 2 處，也有重要的參考價值。

二、《唐人試帖》與毛奇齡的試律詩學

　　一般認爲毛奇齡是清代試律詩學的開創者，《唐人試帖》是清代最早、最有影響力的試律詩評點選本，毛奇齡所提出的八比解詩、調度説等觀點在後世多有繼承和發展。

　　其一，毛氏强調"制題"，而非"切題"，突出氣象。通觀《唐人試帖》，毛奇齡只言"制題"①，而不説"切題"。二者之間有關聯，但側重點不同。相對而言，制題更强調對題目的演繹發揮，切題更强調對題目的照應緊扣。而毛氏對題目的發揮又重視整體氣象。如評白行簡《李太尉重陽日得蘇屬國書》"降虜意何如，窮荒九月初。三秋異鄉節，一紙故人書"，即云"純以氣調制題"，並不像後世的試帖詩集那樣，從一字一詞分析如何扣題，而是看重其是否發揮了題面的某種氣象。在評點宋華《海上生明月》時，稱"制題之中尚存顥氣，初唐之殊於後來如此"。毛氏言語之中可見他對於顥氣的仰望與崇尚。顥氣爲盛大之氣，"海上生明月"是初唐張九齡《望月懷遠》中的詩句，已具有盛唐氣象的前兆。同時他也表達了對於後世制題缺乏顥氣的惋惜。公乘意《郎官上應列宿》開篇四句"北極佇文昌，南宮早拜郎。紫泥乘帝澤，銀印佩天光"，他認爲"絕不似制題，但以清壯之氣行之，此三昧法也"，試帖詩以扣題爲根本特徵，而此處認爲此詩不像在扣題，而並無批評的口氣，反而誇贊其有"清壯之氣"，這不能不説與通常所認爲的試帖詩法不同。

　　其二，毛氏提出八比法、調度法論詩，但又常在法外。梁梅《毛奇齡試律詩理論及影響》論及祖詠《終南積雪》，認爲"紀昀特重詩法，然而如此失法之處却視而不見，怪哉！只有毛奇齡對這首詩存

----

① 《唐人試帖序》："有制題之法，有押韻之法。"

乎試律詩中表示質疑,其重法可見一斑"①。其實,毛奇齡只説"二韵已破例,並不用題字,則更非例矣,不知當時何以有此",只是不置可否,並未否定。毛氏評點常用疑惑的口氣,作開放式的評點,並不急於下結論。所謂有一分材料説一分話,頗具樸學精神。

事實上,毛奇齡的評點常常是在"法"外的。試帖詩集本爲士子學習模擬所用,但《唐人試帖》却留存了不少不合試律規則的詩作,以作爲參照。有時是同題之作,並不用試律之韵,如王維《賦得秋日懸清光》後附唐太宗同題之作,説"此非試場,故不用題韵",但對此詩的評價甚高,以爲"帝王氣象,迥不侔也",後世士子"總不敵太宗作",是從氣象上論,而非用試場標準衡量。毛氏有時對詩作大加贊賞,而對於不合乎試律規範之處,也僅僅表示一點遺憾。如評公乘億《郎官上應列宿》,贊"此詩儘佳",但對於末尾"委佩摇秋色,峨冠帶晚霜"表示不解,不知此句如何表示干請之意。實際上詩作優劣已有判定,是否頌聖,反倒是可有可無的。此外,毛本還存留了不少個人、弟子門人之作,甚至聯句之作,並非全都是標準的試帖詩。有時直接説明"以非試帖,可佚格也"②,有的毫不掩飾"較之試帖,真天凡之隔矣"③。比較之法,在後世的試帖詩集中也不鮮見,然多趨向試帖詩之間的對比。毛奇齡這樣做,從客觀上能提高試帖詩的品格,讓試帖詩不至於陷入過於狹窄的視野之中。

其三,毛氏强調關合、渾化,而非尊法。童漢卿《省試昆明池織女石》云:"一片昆明石,千秋織女名。象星何皎皎,臨水更盈盈。苔掩湔裙色,波爲促杼聲。岸雲連鬢濕,沙月對眉生。有臉蓮同笑,無心鳥不驚。還如朝鏡裏,形影自分明。"此詩並無直接祈請之

① 梁梅《毛奇齡試律詩理論及影響》,《湖北社會科學》2016 年第 10 期。
② 見《唐人試帖》卷四鄭谷《京兆府試殘月如新月》詩後評點。
③ 見《唐人試帖》卷四王叡《省試春草碧色》詩後評點。

語,而是全部寄托在織女的形象之中。毛奇齡評點前四句"一氣抒寫,機法俱到",七、八句"關合不費力,春容流麗,千秋絶調",末二句"關合祈請,渾化極矣","試詩必如此,方是完作"。可謂給予了高度的評價,甚至視"渾然無迹"爲試律詩的最高準則。在評點《春色滿皇州》二詩時,他也贊曰:"是題試帖甚夥,此二作俱以干請無迹勝人。"也就是説詩中並無"今逢大君子""請奏爲君聽"之類的露骨的祈請、頌聖之語,而是"坐觀垂釣者,徒有羡魚情"這類恰到好處的暗示。這一詩論觀顯然與當時盛行的王士禛之"神韵説"暗合,"無迹"二字不知是否巧合,亦非隨意使用。"渾化""無迹"亦即王士禛所追求的所謂"羚羊挂角,無迹可求"是也。

《唐人試帖》刊印之日,正值王士禛神韵詩學盛行之時。若從康熙十九年(1680)王士禛升任國子監祭酒開始執掌詩壇算起,到《唐人試帖》刊行的康熙四十年,其倡導的神韵詩學已經盛行了二十餘年。雖然毛奇齡自康熙二十四年乞假歸田,但作爲"與詩壇風氣關係最密切的一位詩人"[1],不至於不受一點影響。後世所言試帖詩尤爲要緊的美學品格"切"字,向來爲神韵派排斥。在毛氏之前的評點中,恰無"切"字,但在上師大本的墨批中,已經大量出現了"切"字,如"切'海上'""切'春'""切鴻門宴"等。上師大本年代雖不可考,但顯然在康熙四十年之後。康熙五十四年(1715)刊印的《唐試帖細論》已鮮明地提出試帖詩的標準"切"與"該"[2]。到紀昀的《唐人試律説》,核心問題就是扣題和結題,通篇充滿了"切"字。由此可見毛氏詩學觀念對試律詩學的影響。

而試律詩學也不能獨立於當時詩壇風氣之外,亦可見一斑。

---

①　蔣寅《清初錢塘詩人和毛奇齡的詩學傾向》,《湖南社會科學》2008 年第 5 期。

②　王娟《〈唐試帖細論〉的評釋特色與"試詩學"價值初探》,《中州學刊》2020 年第 5 期。

蔣寅《科舉試詩對清代詩學的影響》一文中提出了"試律詩學"的概念，並且指出了試律詩與清代詩學之間的關係，這無疑打破了學界對科舉試詩的成見，使人們進一步關注試律詩對一般詩學的促進作用①。毛奇齡試律詩觀脱離不了當時的詩學風尚，他雖然持格調論，但對唐試詩的評點也有意無意地受到神韵詩學的影響。《唐人試帖》不僅是唐詩選本中不可或缺的類型，對研究清代試帖詩學有重要意義，其與清初詩學思潮的互動，也能從一個側面對康乾之際詩學傳播進行研究，解決從其他角度不能解決的問題。因此，《唐人試帖》整理的第一重意義當爲詩學傳播的意義。

三、上師大本《唐人試帖》墨批的文獻價值與試帖詩觀

在整理《唐人試帖》的過程中，發現上師大本有大量的手批評點，遂對其一并加以整理。其中有眉批、行批、尾批、總評等形式，短或一字、二字，長則數句，於毛本未言之處填補空白，毛本語焉不詳者補充説明，對毛氏自作詩也進行了評點。其價值主要在以下兩個方面。

首先，文獻價值。上師大本《唐人試帖》原主人未可知。大量的眉批、行批、總評顯示出主人深厚的樸學功底，對毛氏原書作出了很好的補充校訂和注釋。

試帖詩不受文人重視，詩作很難保存，很多作品即使流傳下來也已難以知曉作者。僅《唐人試帖》中標爲"失名"的詩作就有9首。上師大本批注對試帖詩作者的考訂有重要的參考價值。如《海上生明月》一詩，作者頗多異議。《唐人試帖》題下標爲"宋華"，校記云"一作朱華"，而上師大本尾批曰"《鯨鏗集》作李華"。

①　蔣寅《科舉試詩對清代詩學的影響》，《中國社會科學》2014年第10期。

紀昀《唐人詩律説》載同一首詩題下注"柴宿"。論者在提到此詩時，或采用毛説，或紀説，均無定論，但其中很少有提到《鯨鏗集》和"李華"之名的。李華（715—766），字遐叔，爲隋朝尚書左丞李孝威的玄孫，唐朝安邑令李虚己的第三子。《鯨鏗集》是明代應試排律精選詩集，共六卷。這實際上爲此詩的作者考證提供了另一條綫索。

　　除作者考證外，上師大本對文字有諸多考訂。如張子容《長安早春》"草迎金埒馬，花待玉樓人"，《唐人試帖》校記曰："待，一作'伴'，誤。"指明"伴"不對。上師大本行批曰："待，一作'醉'。"從詩意上看，用"待"顯得比較平淡，"醉"勝於"待"，更有韵味，可備一説。又如羅讓《閏月定四時》，開篇"月閏隨寒暑，疇人定職司"，毛本對此句無注釋，上師大本眉批則對"疇人"有詳細考證，曰："疇咨，諸本皆作'疇人'。考《周禮》無'疇人'之官，必'咨'字之誤。蓋題出《尚書》，則用《書》中字何疑？《易·繫詞》：'歸奇于扐以象閏。'言揲著所餘之策，勒於左手中三指之兩間，猶月之有餘日也。"上師大本認爲"疇人"當爲"疇咨"所誤，既有對校，又有他校，考證嚴密。

　　其次，試帖詩觀。上師大本評點對毛本是很好的補充。《唐人試帖》收《禮部試清如玉壺冰》二首，一爲王維之作，一爲盧綸之作。毛奇齡評價王維此詩"破不佳"，"承亦大拙"。而評論盧綸詩則曰："惟此詩通體有'清如'字，王遜此矣。二詩必合觀，始見作法。"認爲盧綸之詩高於王維。但到底高在哪裏，"清如"二字如何體現，却並没有説明。上師大本此處批注近 200 字，詳細解讀了盧綸詩審題、立意的高明之處，以及全詩如何緊承題意寫作。像這樣的手批評解，書中還有很多，顯示出在試帖詩觀上對毛氏的發展。以下就主要幾點略陳一二。

　　其一,正向命意的破題之法。所謂正向命意,即遇到所出原作有諷刺主旨時,要消除其中"怨刺"之主旨,恰當命意。附題親切,即全詩切題緊密,又自然妥帖,沒有疏離的感覺。以盧綸《禮部試清如玉壺冰》爲例,詩曰:

> 玉壺冰始結,循吏政初成。
> 既有虛心鑒,還如照膽清。
> 瑤池慚洞徹,金鏡讓澄明。
> 氣若朝霜肅,形隨夜月盈。
> 臨人能不蔽,待物本無情。
> 怯對圓光裏,妍蚩自此呈。

上師大本眉批指出此題命意的關鍵之處:"題出鮑照《白頭吟》,非指循吏言。詩蓋斷章取義,以頌主司耳。"鮑照《代白頭吟》"直如朱絲繩,清如玉壺冰"比喻自己正直高潔,諷刺勢利小人以及統治階層。而試帖詩需要正向命意,故僅取其喻指官員高潔之意。"斷章取義"乃用詩之法,評點者在此高度肯定盧綸對這種類型的題目處置得當。上師大本評點該詩五、六句"'慚''讓'字爲'如'字作襯",即指二字襯托清高的品格。七、八句"氣若""形隨"均與"清如"結構相同,第十句"本無情","雙關語,極寫'如'字",即指此句一語雙關,既指玉壺又指循吏。整個旁批突出了評點者對審題、切題的基本標準,即"附題親切"(評張仲素《緱山鶴》語)。

　　其二,靈變的使事之法。在使用典故方面,評點者提出用事要"靈變"之說,靈變即不死板。

　　張仲素《緱山鶴》詩曰:

羽客驂仙鶴，將飛駐碧山。

映松殘雪在，度嶺片雲還。

清唳因風遠，高姿對水閑。

笙歌憶天上，城郭嘆人間。

幾變霜毛潔，方殊藻質斑。

蓬瀛如可到，逸翮詎能攀。

其注釋補充："《列仙傳》：王子晉，周靈王太子，好吹笙，作鳳鳴，游伊洛間。道士浮丘公接以上嵩山。後謂人曰：'可告我家，七月七日，待我於緱氏山。'"緱山是仙山，中比"清唳""高姿"與"風遠""水閑"，均是站在仙山的視角叙述，與開頭"碧山"相呼應，是對緱山的鋪展，並無明言王子晉之事，但字字充滿仙意，故評點者曰："無中比二句，則緱山意不醒。用事既靈變……真妙手也。"此例用事不甚着痕迹，但稱"靈變"，未免有過譽之處。

又如李衢《都堂試貢士日慶春雪》曰：

錫瑞來豐歲，旌賢入貢辰。

飄來梅共笑，飛作柳邊春。

遠砌封瓊屑，依階噴玉塵。

蜉蝣吟更苦，科斗映還新。

白珩迷難辨，冰壺鑒易真。

因歌大君德，率舞詠陶甄。

此詩首二句切"貢士"，却從"錫瑞"着筆，三、四句切"春"，却從"梅"着筆。五句至八句無一"雪"字，瓊屑、玉塵、蜉蝣、白珩、冰壺等却句句寫雪。尤其是"蜉蝣"一句，田注云："《詩》：'蜉蝣掘閱，麻衣如雪。'唐試士子服麻衣。"上師大本墨批又引用皮日休《庚寅歲十一月新羅弘惠上人與本國同書請日休爲靈鷲山周禪師碑將還以詩送之》"三十麻衣弄渚禽",李山甫《公子家二首》其一"麻衣酷獻平生業"爲證。本詩則没有出現麻衣,而直接以蜉蝣代士子,又一語雙關,由麻衣點到雪,關合題面。

　　其三,由淺入深的調度法。調度,意爲謀篇布局。毛奇齡評錢起《湘靈鼓瑟》:"始知詩貴調度。錢詩調度佳,原不止以'江上數峰'見縹緲也,善觀者自曉耳。"毛奇齡在調度的問題上説得很模糊,"善觀者自曉",不善觀者又如何? 不善觀者纔讀此書,善觀者又讀它作甚? 在此方面,上師大本評點者則具體提出調度要由淺入深,即層層深入的"深淺法"。此法重流轉,不死板。如莫宣卿的《百官乘月早朝聽殘漏》:

> 建禮儼朝冠,重門耿夜闌。
> 碧空蟾影度,清禁漏聲殘。
> 候曉車輿合,凌霜劍珮寒。
> 星河猶皎皎,銀箭尚珊珊。
> 杳靄祥光近,霏微瑞氣攢。
> 忻逢明聖代,長願接鴛鸞。

　　在評點此詩時,上師大本云:"前四句與中四句對照,可悟由淺入深之法。"此詩首聯切百官早朝,頷聯切乘月聽殘漏,"迢遞完題"。頸聯再次賦早朝,且與首聯可合觀,前寫"重門",後寫"車輿",前寫"夜闌",後寫"候曉",並以凌霜劍寒加深"早"意。後比承頷比,由"蟾影度"到星河皎皎,由"漏聲殘"到銀箭珊珊,過度遞進自然。由此可見,"由淺入深"四字評點十分恰當。另外,在評張謂《賦得落日山照耀》一詩"圓影過峰巒,半規入林薄"一聯時,評點者也引用魯之貞之語"由'過'而'入'寫'落'字,由'峰巒'而'林薄'寫'山'字,皆用淺深法,真極筆也",從一聯之中論深淺法,也頗爲精當。此外,還有對結尾的點評,以"思巧句勁"爲尚。

綜上,上師大本的墨批注評使得《唐人試帖》整理具有更多版本學意義與詩學價值。與毛氏評點相比,上師大本評點顯然在試律詩學方面向前更邁進了一步。一方面,評點者表現出重自然的詩學思想,主張靈巧、流麗,從閑處着筆;另一方面,與毛氏比,更關注"切"題,甚至要通首關合應試,顯示出試律詩學觀念走向俗化的傾向。評點者也試圖提高試帖詩的審美功能,主張從閑處着筆,即要在切與不切之間。但重視自然與關合應試二者之間存在一定矛盾,很難調和。

四、《唐七律選》與毛奇齡之唐詩觀

《唐七律選》共四卷,收錄唐代 75 位詩人共計 206 首七律,大致按照時代順序編排。毛奇齡在書序中交代了編纂此書的背景與宗唐的傾向。清初詩壇風氣並不傾向於學習唐詩。他追述自己於康熙十八年(1679)入史館時,恰"值長安詞客高談宋詩之際"。康熙二十五年(1686)他"請急南歸",而此時"世尚遷變,向之舍唐而爲宋、爲南渡者,今復改而爲元、爲初明"。因爲當時致力於經學研究,他將詩學暫時擱置。直到康熙四十一年(1702),因爲年老,不再從事經學,纔重新轉回詩學領域,編纂此書,表達了對唐詩的推崇。他說:"夫事有由始,詩律始于唐而流于宋、元,則循流溯源,將必選唐律以定指趨,誠亦無過。"他認爲試律的源頭在唐代,這就好比春夏秋冬季節物候的變化一樣,"春之不能不夏,猶之初、盛之不能不中、晚,三唐之不能不宋、元、明也",這是再自然不過的事情。

因而學習律詩就要循流溯源到唐代。如果不學唐詩，而宗宋、元、明，則好比"止減高髻爲五寸，而怵螺赢之細腰，而易以杵把，則後人抖擻，未必不可駕前人之轍，而委勢隨下，焉能自振"。

在《唐七律選》序中，毛奇齡還提出了對於唐代不同時期七律的看法。他説："嘗校唐七律，原有升降，其在神、景，大抵鋪練嚴譜，偶儷精切，而開、寶以後，即故爲壯浪跳擲，每擺脱拘管以變之。然而聲勢虚擴，或所不免。因之上元、大曆之際，更爲修染之習，改鉅爲細，改廓爲瘠，改豪蕩而爲瑣屑。而元和、長慶則又去彼飾結，易以通俀，却壇坫揖遜而轉爲里巷俳諧之態。"他表示，"雖吟寫性情、流連光景，三唐並同，而其形樞之不齊，有如是也"。從編選的情況看，所有詩人中，初唐 10 人，盛唐 14 人，中唐 17 人，晚唐 34 人。從詩歌數量來看，初唐詩 18 首，盛唐詩 65 首，中唐詩 63 首，晚唐詩 60 首。綜合二組統計數據，似乎他更傾向於中晚唐詩歌，但實際並非如此。他説："律自大曆後，欲求一全首，必不可得。故是選雖窄，而採擇甚廣，即一字之新，一句之俊，稍有意趣，無不搜録。苟胸能鎔煉，野花儘可釀蜜也。至於氣調格致，全趨卑弇。"因此，"三唐並同"應是他所持的標準。他還強調中唐作爲轉關的意義，中唐"刻意纖秀，實啓晚唐及宋、元、初明修詞飾事之習"，"晚唐、宋、元、初明皆遞相轉環，而不知於此時實濫觴也。今人變宋爲元，變盛明爲初明……可謂不知本矣"。其目的仍是強調清人宗宋、宗元、宗明，是不知本。

《唐七律選》選詩及評點頗有特點。所選 75 位詩人中，只有 15 位詩人選詩在 4 首及以上，43 位詩人均只收録 1 首詩歌。排在前八位的分別是：杜甫 34 首，白居易 22 首，王維、韓翃 8 首，劉長卿 7 首、陸龜蒙 6 首，韋莊、劉禹錫 5 首，蘇頲、張説、岑參、柳宗元、杜牧、溫庭筠、許渾均爲 4 首。李白所選 3 首中，未選《登金陵鳳凰臺》而選《鸚鵡洲》，并認爲前者仿崔顥《黄鶴樓》"效之最劣"，後者則"生趣勃然"。昔人對杜甫《秋興》八首評價極高，而毛氏則不以爲然，認爲"八首意極淺，不過'撫今追昔'四字而已，而詩甚偉練。舊謂杜詩以八首冠全集，又謂八首如一首，闕一不得，皆稚兒强解事語"。明代文人對李頎的七律極爲推崇，而毛氏則曰："舊盛唐名家多以王孟、王岑並稱，雖襄陽、嘉州與輞川亦肩而不並，然尚可並題。至嘉、隆諸子以李頎當之，則頎詩膚俗，不啻東家矣。明詩只顧體面，總不生活，全是中是君惡習，不可不察也。"結合前文所述，毛奇齡的詩學觀與宋人、明人均有較大不同。

本書在點校過程中，得恩師詹福瑞先生、中國國家圖書館袁媛老師、上海師範大學古籍特藏館李玉寶老師大力協助，鳳凰出版社編審李相東先生的建議和幫助，在此表示謝忱。本書之點校，先由學生張夢瑶、穆常昊將文字録入電腦，在此基礎上，本人再與底本及參校本對校、標點，逐句校對數遍，先後耗時兩年。因才疏學淺，仍難免有疏漏，祈請就教於方家。

北京聯合大學　吴蔚

2023 年夏

凡　例

一、《唐人試帖　唐七律選》以上海師範大學藏清康熙四十年學正堂藏板（簡稱上師大本）爲底本，以中國國家圖書館藏康熙年間學正堂本（簡稱國圖本）、《中國古籍珍本叢刊·暨南大學圖書館卷》影印暨南大學藏康熙四十年至四十一年刊本（簡稱暨大本）、蘇州大學藏書帶草堂本（簡稱蘇大本）爲參校本。

二、《唐人試帖》正文部分收録毛奇齡編選四卷唐人試帖詩，毛氏及其弟子所作試帖詩、用於與正文比較的詩歌及其他説明性文字，一概置於注或評中。

三、《唐人試帖》手批評點，包括眉批、行批、尾批等。除毛氏所作外，其弟子王錫批注標作【王】，田易批注標作【田】。毛氏評點則無標注。上師大本三人之外的其他評點，根據眉批、夾批、行批、尾批的不同位置，分別標作【上眉】【上夾】【上行】【上尾】等。《唐七律選》均爲毛氏注評，亦無特殊標注。

四、整理者之校記，標明“整理者按”，以與原校區別。上師大本手批校記，亦標明相應位置。

五、部分選詩之後，有毛氏附記自己或友朋舊作，根據內容稱“附作”。

六、《唐人試帖》中多有同一題下兩首不同作者的試帖詩，爲方便閲讀,今分別補齊題目。

　　七、書中古今字、異體字、俗體字等,凡無歧義者,儘量改爲通行繁體字,以方便閲讀。凡明顯避諱之處,皆徑改本字。

　　八、書中有缺字,或因印刷及蟲蛀而間有奪字者,均以□代替,并於校記中依他本補齊,以便閲讀。

唐人試帖

序

　　當予出走時，從顧茂倫家得《唐人試帖》一本。携之以隨，每旅悶輒效爲之，或邀人共爲之。今予詩卷中猶存試律及諸聯句詩，皆是也。暨歸田十年，日研經得失，桑榆迫矣，尚何暇及聲律事！客有以詩卷請教者，力却之。康熙庚辰，士子下第後，相矜爲詩，曰："吾獨不得於試事已矣，安見外此之無足以見吾志者？"必欲就聲律諮詢可否。不得已出向所携《唐試帖》一本，汰去其半，且授同儕之有學者，稍與之相訂，而間以示人。夫詩有由始，今之詩非風、雅、頌也，非漢魏六朝所謂樂府與古詩也，律也。律則專爲試而設。唐以前詩，幾有所謂四韵、六韵、八韵者？而試始有之；唐以前詩又何曾限以三聲、四聲、三十部、一百七部之官韵？而試始限之。是今之所爲詩，律也，試詩也。乃人曰爲律，曰限官韵，而試問以唐之試詩，則茫然不曉。是詩且不知，何論聲律？

　　且世亦知試文八比之何所昉乎？漢武以經義對策，而江都、平津、太子家令並起而應之，此試文所自始也，然而皆散文也。天下無散文而複其句、重其語、兩叠其話言作對待者。惟唐制試士，改漢魏散詩而限以比語，有破題，有承題，有頷比、頸比、腹比、後比，而然後結以收之。六韵之首尾，即起結也；其中四韵，即八比也。然則試文之八比視此矣。今曰爲試文，亦曰爲八比，而試問八比之所自始，則茫然不曉，是試文且不知，何論爲詩？

　　夫含齒戴髮，而不知其爲生人，不可也。知爲生人，而不知生人之有心，尤不可也。夫爲詩爲文，亦何一非心所爲而乃有其心而不審所用？詩貴言情，人實不解，而至於八比，則敷詞貼字，而並不得有心思行乎其間。今無論試詩緊嚴，有制題之法，有押韵之法，有開承轉合、頷頸腹尾之法。而即以用心論，窮神於無何之鄉，措思宵渺，雖備極工幻，具冥搜之勝，而見之而頤解目觸，一若有會心之處遇於當前，夫乃所謂詩也。則是一爲詩而飽食終日，無事他求。即道途憂患，尤將藉此以抒懷。況文心霏霏，又烏能已？

舊本雜列無倫次，且科年爵里多不可考。會先教諭兄有《唐人試題》寫本，略見次第，因依其所列而周臚之。并分其帖爲四卷，而附途次所擬詩，綴諸詩後。

康熙四十年蕭山毛奇齡初晴氏

唐人試帖卷一

府試初日照鳳樓①

李虞中

旭景開宸極,朝陽燭帝居❶。

斷霞生峻宇,通閣麗晴虛❷。

流彩連朱檻,騰輝照綺疏②③。

賓寅趨陛後③,羲駕奉車初❹。

黃道龍光合,丹霄鳥翼舒❺。

儻蒙回一顧,願上十輝書❻。

【注釋】

　　① 以題字爲韵,然必詩中明出其字。如此詩有“初”字韵是也。偶或主司限他字爲韵,則必注曰“官韵某字”。

　　②【上眉】頠,頷也,頤音。疏,音梳,通也。綺疏,窗也。

　　③【上眉】《書》:寅賓出日。注:寅,敬也。賓,禮接之如賓客也。又《唐六典》:春升寅階,冬升亥階。注:寅階,賓階也。此義與《書傳》不符,詩蓋融會兩説。翬,音揮,雉名。輝,音灰,又禹愠切,音運,日光炁也。《周禮》讀運。此處作平聲。

【評解】

　　❶ 破題,此以對起,作點注法。

　　❷ 承題,亦名領比。以領當承頤也。此交股對。

　　❸ 頸比,如身有頸也。此六句調不甚變,猶是六朝遺習。

❹腹比，亦名中比。此中後純用兩關合法。〇【王】《虞書》：寅賓出日。謂迎初出日也。堯時，羲氏典日爲日御。漢後，鹵簿有奉車官。

❺後比，連頷、頸、腹，名爲八比。明代取士倡八比，法本此。〇【田】黃道，日所行，唐含元殿前有龍尾道。朱鼍，日名，中有金烏。《詩》：築室"如鼍斯飛"，"如跂斯翼"。又，屋桷名屋翼。

❻結尾多用祈請法。〇【王】《春官》：眡祲，掌十煇之法，以察雲物。比試士也。

翰林試鶯出谷①

錢可復

玉律陽和變，時禽羽翮新❶。
載飛初出谷，一囀已驚人❷。
拂柳宜烟暖❸，衝花覺路春。
迎[1]風翻翰疾❹，向日弄吭頻。
求友心何切，遷喬幸有因。
華林饒玉樹，棲托及芳晨。

【校記】

[1] 迎，一作"搏"，誤。搏則非鶯矣。

【注釋】

①官韵"春"字。〇【上眉】唐韋絢謂：《毛詩·伐木》篇並無"鶯"字，而有司出題，若早鶯求友及鶯出谷，別無證據，蓋沿訛久矣。翮，音核，鳥之勁。《毛》：囀，音轉。《廣韵》：鶯，鳥鳴也。吭，音岡。棲，栖，二字並音西。

【評解】

❶【上行】破"鶯"字。

❷ 此以四句完題。○【上行】承"出谷"。

❸【上行】出谷時候。

❹【上行】出谷景狀。

總評：

開結寓祈請,俱無泛語。

海上生明月①❶

宋　華[1]

皎皎秋中月,團團海上生。

影開金鏡滿,輪抱玉壺清。

漸出三山上❷,將凌一漢橫。

素娥嘗藥去,烏鵲繞枝驚②。

照水光偏白❸,浮雲色最明。

此時堯砌下,蓂莢自敷榮③❹。

【校記】

　[1] 一作朱華。【上尾】《鯨鏗集》作李華。

【注釋】

　①【上眉】《史記》:蓬萊、方丈、瀛洲三神山,諸仙人皆在焉。《帝王世記》:堯時瑞草號蓂莢,生於階前,每朔日生一葉,至十五葉齊,十六後日落一葉,月小則一葉卷而不落。

　②【王】后羿妻竊藥奔月,爲姮娥。烏鵲繞枝,用魏武詩。

　③【王】蓂莢,每月朔生一葉,至望日,則生遍矣。

【評解】

❶【上尾】此題不重海上，只要做"生"字。若泛寫明月，人人能之。

❷【上行】切"海上"，寫"生"字，語極流轉。

❸【上行】從"明"字着筆。

❹制題之中尚存顥氣，初唐之殊於後來如此。

長安早春

張子容

開國移東井，方城啓北辰[1]❶。

咸歡[2]太平日，共樂建寅春❷。

雪盡黃山樹，冰開黑水津❸。

草迎金埒馬❹，花待玉樓人[3]。

鴻漸看無數，鶯遷聽轉頻❺。

何當桂枝擢，還及柳條新❻①。

【校記】

[1]【上行】移，一作"維"；方城，一作"城池"；啓，一作"起"。

[2]【上行】歡，一作"歌"。

[3]待，一作"伴"，誤。○【王】晉王濟以黃金飾馬埒。○【上行】待，一作"醉"。

【注釋】

①【上眉】東井八星分野屬雍州，長安城北爲北斗形，南爲南斗形。《漢書》：五星聚於東井。沛公至灞上，以曆推之，爲高祖受命之符。井，秦分也。漢都長安，故《西京賦》云：仰悟東井之精。《漢

書》:槐里有黄山之宮。注:景帝建。《禹貢》:黑水、西河惟雍州。
《史記》注:黑水源出伊州,至河州入黄河。《晉書》:王濟性甚豪侈,
時京洛地貴,濟買地爲馬埒,編錢滿之,時人謂之金溝。埒,謂以短垣
繞之也。

【評解】

　　❶ 先破長安,二句大奇。此古人制題之法,今人不曉矣。
○【王】長安,秦地,爲東井分野,凡帝居皆稱北辰。

　　❷ 四句完題。

　　❸【田】黄山、黑水,皆長安地名。○【上行】早春。

　　❹【上行】春景。

　　❺【田】鴻漸於逵,鶯遷喬木,皆以早春含利見意。

　　❻【田】晉郤詵(【上行】音隙莘。)擢第,比之桂林一枝。○【上
尾】杜詩:漏泄春光有柳條。

賦得秋日懸清光

王　維

　　寥廓①涼天静,晶明白日秋。

　　圓光含萬象,碎影入閑流。

　　迥與青冥合,遥同江甸浮❶。

　　晝陰殊衆木,斜影下危樓❷。

　　宋玉登高怨,張衡望遠愁❸。

　　餘暉如可托,雲路豈悠悠。

【注釋】

　　①【上眉】寥廓,虛也,空大也。

【評解】

❶ 二句專賦"清"字,以天與江俱清也。○【上行】内有"懸"字。

❷ 二句專賦"光"字。此分賦是變法。

❸ 又補"秋"字,寓干請意。○【上眉】宋玉,楚大夫屈原弟子,閔其師忠而放逐,故作《九辯》,其辭曰:"悲哉秋之爲氣也。"又曰:"登山臨水送將歸。"後漢張衡爲河間相,不得志,乃作《四愁詩》曰"路遠莫致倚逍遥",屢叠其詞以寄意焉。

附作:

此題太宗早有詩賜房玄齡,至玄宗朝復以之試士,然總不敢太宗作。雖風欄(【上行】同"檐"。)多局步,然亦帝王氣象,迥不侔也。詩並録後:

> 秋露凝高掌,朝光上翠微❶。
> 參差麗雙闕,照曜滿重闈。
> 仙馭隨輪轉,靈烏帶影飛。
> 臨波無定影,入隙有圓輝❷。
> 還當志葵藿①,傾葉自相依❸。

【注釋】

①【上尾】藿,忽廓切。

【評解】

❶ 此非試場,故不用題韵。一云題是"秋日懸清輝",故出"輝"字。

❷ 此尚是六朝調,唐以後不能矣。

❸ 予在東村,即事有"隔屋鳴箏聽漸遠,疏櫺漏日影初圓"句,

以當"入隙"句,劣矣。○【上行】櫺音陵,窗隔子。

積雪爲小山

劉眘虛

飛雪仲春還,春庭曉自閑。
虛心應任道,遇賞遂成山。
峰小形全秀,巖虛勢莫攀。
以幽能皎潔,謂近可循環❶。
孤影臨冰鏡,寒光對玉顏。
不隨遲日盡,留顧歲華間。

【評解】
❶上句"雪積",下句"山小",此以文句入詩法。

終南積雪

祖　詠①❶

終南陰嶺秀,積雪浮雲端。
林表明霽色,城中增暮寒。

【注釋】
①二韻,韵不用題字。

【評解】
❶按本事,詠應試,賦此題,纔得四句,即納於有司。或詰之,詠曰:"意盡。"據此,則試無二韻者,此詠自爲之,非官限也。二韻已破例,並不用題字,則更非例矣,不知當時何以有此。

奉試明堂火珠①

崔　曙②

正位開重屋，凌空出火珠❶。

夜來雙月③滿，曙後一星孤。

天淨光難滅，雲生望欲無。

遙知太平代，國寶在名都。

【注釋】

①　官限四韻。

②　舊注：曙登進士時奉試，此時續帖至三、四句，觀者盛傳以爲佳。至來年，曙卒，惟一女名星星，人始悟其自讖也。

③　雙月，謂月與珠也。

【評解】

❶【王】殷以明堂爲重屋。唐時屋極綴南蠻珠如卵，望之若火。

總評：

此四韻律，又是一例。按，唐登進士後又有試，名奉試。此與荊冬倩奉試詩，皆止四韻，則必官限如是者。但鄭谷、黃滔在乾符年奉試，仍是六韻，豈後此又變例耶？

奉試詠青①

荊冬倩②

地闢天光遠，春還月道臨[1]。

草濃河畔色，槐結路傍陰③。

未映君王史,先標胄子襟。

經明如可拾,自有致雲心❶。

【校記】

[1]地,一作"路",誤。○【田】月春臨青道。

【注釋】

① 官限四韵。

② 韵不用題字。

③【田】古詩:青青河畔草,路結青槐陰。○【上眉】《史記·范雎傳》:賈不意君能自致於青雲之上。

【評解】

❶ 起句青天,結青雲,八句皆有"青"字。○【王】《前漢紀》:夏侯勝謂:"經術苟明,取青紫如拾地芥。"青紫者,青紫綬也。

霜隼下晴皋

失　名

九皋霜氣勁,翔隼下初晴。

風動閑雲遠,星馳白草平。

棱棱方屬疾,肅肅自縱橫。

搶地秋毫迥,投身逸翮輕。

高墉全失影,逐雀乍飛聲①。

薄暮寒郊外,悠悠萬里情❶②。

【注釋】

①【田】《易》:射隼高墉之上。《左傳》:如鷹鸇逐鳥雀。

②【上眉】隼,切辛,上聲。鸇屬,鷙鳥也。陸佃云:鷹之搏噬不

能無失,獨隼爲有準,每發必中。棱,切冷,平聲。《漢·李廣傳》:
威棱憺乎鄰國。搶,千羊切,音鏘,飛掠也。墉,城也,又墙也。

【評解】

❶ 結干請,有地步。

館試曉聞長樂鐘聲 ①

失　名

漢苑鐘聲早,秦關[1]曙色分。

霜凌萬戶徹,風散一城聞❶。

已啟蓬萊殿,初朝鴛鷺群②。

虛心方應物,大扣欲干雲②❸。

近雜雞人唱,新傳鳧氏文③。

能令翰苑客,流聽思氤氳④。

【校記】

[1] 關,一作"郊"。

【注釋】

①【上尾】漢高帝七年,長樂宮成,始徙居長安城。

②【上行】扣,同"叩"。

③【田】《考工記》:鳧氏爲鐘。

④【上尾】鳧音符,水鳥。氤音因,氳,于云切,天地元氣交密之
狀。○【上眉】《禮》:善待問者如撞鐘,叩之以小者則小鳴,叩之以
大者則大鳴。雞人,《周禮》:掌共雞牲,辨其物,夜呼旦以叫百官。
《廣絕交論》:雞人始唱,鶴蓋成陰。

【評解】

❶【上行】四句完題。

❷【上行】二句是曉。

❸實賦鐘聲,妙與試士關合。

禮部試清如玉壺冰

王　維

玉壺何用好,偏許素冰居❶。

未共銷丹日,還同照綺疏❷。

抱明中不隱,含淨外疑虛。

氣似庭霜積,光涵砌月餘。

曉凌飛鵲鏡,宵映聚螢書❸。

若向貪夫[1]比,貞心定不如❹①。

【校記】

[1] 貪夫,集作"夫君",誤。

【注釋】

①【田】宋人獻玉於子罕,曰:我以不貪爲寶。○【上眉】《淮南子》:方諸見月,則津而爲水。注:大蛤也,摩熟向月則水生。又鏡名。《周禮》:以鑒取明水于月。《漢·梁冀傳》:窗牖皆綺疏青瑣。注謂鏤爲綺文。疏,通也。《神異經》:昔有夫婦相別,分鏡各持半,以爲信。其婦與人通,鏡化爲鵲,飛至夫前。後人鑄鵲於鏡自此始。

【評解】

❶破不佳,本集改作"藏冰玉壺裹,冰水類方諸",仍不佳。

❷ 承亦大拙。

❸ 六句極刻劃，自可冠場，若律以"清如"字，似未到矣。

❹ 結"將如"字。反出亦一法。

禮部試清如玉壺冰

盧 綸

玉壺冰始結，循吏政初成❶。
既有虛心鑒，還如照膽清。
瑶池慚洞徹，金鏡讓澄明❷。
氣若朝霜肅，形隨夜月盈。
臨人能不蔽❸，待物本無情。
怯對圓光裏，妍①蚩②自此呈③❹。

【注釋】

①【上行】音延。

②【上行】音鴟。

③【上尾】蚩，同"媸"，陸士衡《文賦》：妍媸好惡。

【評解】

❶ 鮑照詩：清如玉壺冰。原以比人明潔。惟此詩通體有"清如"字，王遜此矣。二詩必合觀，始見作法。【上眉】題出鮑照《白頭吟》，非指循吏言。詩蓋斷章取義，以頌主司耳。《西京雜記》：秦始皇有方鏡，照見心膽，女子有邪心者，即膽張心動，始皇輒殺之。

❷【上行】"慚""讓"字爲"如"字作襯。

❸ 以人爲主，方見"如"字。○【上行】雙關語，極寫"如"字。

❹ 結自喻也。

玉壺冰

潘　炎①❶

琰[1]玉性惟堅,成壺體更圓❷。

虛心含景象,應物受寒泉❸。

温潤資天質,清貞稟自然。

日融光乍散,雪照色逾鮮。

至鑒功寧爽,無私照豈偏。

明將冰鏡射,白與粉花連②。

拂拭終爲美,提携佇見傳。

勿令毫髮異,遺恨鮑公篇③。

【校記】

[1]【上眉】一作"璞"。

【注釋】

① 八韵,韵不用題字。

②【田】唐貢士都堂皆塗粉,故云。

③【田】"玉壺冰"見鮑照《白頭吟》。

【評解】

❶ 試帖限六韵,偶有八韵者,一是主司所限,如《玄元皇帝應見》帖,舉子皆八韵,則官限者也;一是舉子自增,如此詩八韵。王季友詩仍六韵。《迎春東郊》帖,張濯八韵,王綽仍六韵,則舉子自增者也。但韵雖自增,而韵則同用題字。此並題韵亦各用,則不可考耳。

❷ 先破"玉壺"。

❸承出"冰"字,與前《長安早春》題先破"長安"同法,即此見唐人點題周到如是。

玉壺冰

王季友

玉壺知素潔,止水復中澄。
堅白能虛受❶,清寒❷將自凝。
分形同曉鏡,照物掩宵燈。
璧映圓光徹,人驚爽氣凌。
金罍何足貴,瑤席幾回升。
正值求珪瓚,提攜共飲冰。

【評解】

❶玉壺。

❷冰。

賦得秋山極天净

朱延齡

雨洗高秋净,天臨大野閑。
蓊蘢清萬象①,繚繞出層山❶。
日落千峰上,雲銷萬壑間❷。
綠蘿霜後翠,紅葉雨來殷❸。
散彩輝吳甸,分形壓楚關❹。
欲尋霄漢路,延首願登攀❺。

【注釋】

①【上眉】蔥,同"葱",淺青色。又,鬱蔥言氣條暢也。蘢,音龍,殷盛貌。

【評解】

❶【上行】承"天净",轉出"山"字。

❷【上行】寔寫山净。

❸ 點染倍見其净。

❹ 袛言極地而天在中矣。

❺ 撒手自行,得以題就我之法。

省試昆明池織女石①

童漢卿[1]

一片昆明石,千秋織女名❶。

象星何皎皎,臨水更盈盈❷。

苔掩湔裙色❸,波爲促杼聲。

岸雲連鬢濕,沙月對眉生❹。

有臉蓮同笑,無心鳥[2]不驚。

還如朝鏡裏,形影自分明❺。②

【校記】

[1] 一作司馬復。

[2] 鳥,一作"鷗"。

【注釋】

①【王】漢武鑿昆明池,傍作二石人,象牽牛、織女。

②【上眉】《古詩》:迢迢牽牛星,皎皎河漢女。又曰:盈盈一水

間,脉脉不得語。《玉燭寶典》:元日至晦日,並爲酺食。士女湔裙
度厄。○【上尾】湔,音箋,滌也,浣也。臉,居掩切,音檢。面臉,一
曰頰也。

【評解】

❶【上行】對句分破。

❷ 一氣抒寫,機法俱到。

❸【田】三月三日,湔裙水濱。

❹ 關合不費力,春容流麗,千秋絶調。

❺ 關合祈請,渾化極矣。

總評:

試詩必如此,方是完作。

良田無晚歲

丁　澤

人功雖未及,地力信非常。

不任耕耘早,偏宜黍稷良。

無年皆有穫,後種亦先芳❶。

臚臚盈千畝,青青保萬箱。

何須祭田祖,詎要察農祥①。

况值春臺啓,和風日又長②。

【注釋】

①【王】《詩》:周原臚臚,乃求萬斯箱,以御田祖。《國語》:周
宣王不籍千畝。農祥,晨正星名。

②【王】《老子》:如登春臺。

【評解】

❶“晚”字清出。

府試古鏡①

失　名

舊是秦時鏡，今藏古匣中②。
龍盤初挂月，鳳舞欲生風③。
硯滴方諸水，庭懸軒帝銅❶④。
應祥知道泰，鑒物覺神通。
肝膽誠難隱，妍蚩豈易窮。
幸依君子室，長得免塵蒙。

【注釋】

① 官限平韵，其限字不可考。

②【田】秦始皇有照骨鏡。

③【田】蟠龍鏡背，鳳見鏡而舞。

④【王】《周禮》：以方諸鏡取水。軒轅鑄十二銅鏡。

【評解】

❶ 即以鏡合試事，大奇。

館試古木臥平沙①

王泠然

古木臥平沙❶，摧殘歲月賒。
有根橫水石，無幹拂烟霞。
春至苔爲葉，冬來雪作花。

> 不逢星漢使,誰辨是仙槎❷。

【注釋】

　　① 官限四韵。

【評解】

　　❶ 直述一句,亦一作法。

　　❷【王】結用張騫事,寓感遇意。

百官乘月早朝聽殘漏

莫宣卿

> 建禮儼朝冠,重門耿夜闌①。
> 碧空蟾影度,清禁漏聲殘❶。
> 候曉車輿合,凌霜劍珮寒❷。
> 星河猶皎皎,銀箭尚珊珊❸。
> 杳靄祥光近,霏微瑞氣攢。
> 忻逢明聖代,長願接駕鸞②❹。

【注釋】

　　①【田】建禮,朝門名。

　　②【上眉】銀箭刻漏法,壺口有蓋,其中水浮載箭出於蓋上,鑄金爲司辰,具衣冠,以兩手執箭。王褒《洛都賦》云:仙叟秉矢,隨水沉浮,指日命分,應則唱籌。○【上尾】珊音山。珊珊,珮聲。

【評解】

　　❶ 迢遞完題。

　　❷ 實賦"早朝"。

　　❸ 實賦"乘月""殘漏"。

❹【上尾】前四句與中四句對照,可悟由淺入深之法。

尚書都堂瓦松①

李　華

華省秘仙蹤,高堂露瓦松❶。
葉因春後長②,花爲雨來濃。
影混鴛鴦色,光含翡翠容❸。
近天忻所寄,拔地嘆無從。
接棟凌雙闕,連甍②蓋九重❹。
寧知深澗底,霜雪歲兼封③。

【注釋】

①【上尾】草生於瓦,狀類松也。○【上眉】《博物志》:鴛鴦之瓦。杜甫詩:殿瓦鴛鴦坼。魏文帝夢宮殿兩瓦墜地,化爲鴛鴦,故世稱鴛鴦瓦。

②【上行】音萌。

③【上尾】秘,兵媚切,悲,去聲,隱藏也。

【評解】

❶【上行】二句分點題面。

❷【上行】單承"瓦松"。

❸ 鴛鴦、翡翠,隱合"瓦"字。

❹ 極賦物之妙,天工人事交盡矣。

玄元皇帝應見賀聖祚無疆①

殷　寅

應曆生周日❶,修祠表漢年。

復兹秦嶺上❷②，殊似霍山前③。

昔贊神功起④，今符聖祚延⑤。

已題金簡字，仍訪玉堂仙。

睿祖光元始，曾孫體又玄❸。

言因六夢接⑥，慶叶九齡傳⑦。

北闕心超矣，南山壽固然。

無由同拜祝，竊忭⑧賀陶甄⑨。

【注釋】

①官限八韵。○【田】唐祖老子，追尊爲玄元皇帝。應見，謂靈應顯著，屢見其形也。此題是天寶七年降神時事。

②【王】開元二十九年，上夢玄元云：吾像在京城西南百餘里。遣使求得之，迎置興慶宮後，立廟於天寧坊。天寶七年，玄元降神於朝元閣。

③【王】高祖武德三年，晉州人於羊角山見玄元，曰："爲吾語唐天子：吾，汝祖也。"高祖即遣使致祭立廟。其地霍山，在晉州。此四句言老子生於周，祠於漢，復降神於天寶年，殊似降神於武德年也。

④【王】即指高祖時事。

⑤【王】天寶元年，玄元告以靈符藏在尹喜故宅，果求得之。又聞空中語云：聖壽延長。

⑥【田】《周禮》：占六夢之吉凶。

⑦【王】文王世子武王曰：夢帝與我九齡。

⑧【上行】音便。

⑨【上尾】叶，同"協"，合也。睿，音胄，于芮切，深明通達也。

【評解】

❶【上行】先叙來歷。

❷【上行】次寫“應見”。

❸ 元始、又玄，皆以曆祚與老子關合。

玄元皇帝應見賀聖祚無疆

趙　鐸

聖主今司契，神功格上玄。
豈惟求傅野，更有叶鈞天①。
審夢南山下，焚香北闕前。
道光尊聖日，福應集靈年②。
咫尺真容近，巍③峨大象懸。
觴從百寮獻，形爲萬方傳④。
聲教維皇矣，英威固邈⑤然。
慚無美周頌，徒上祝堯篇⑥。

【注釋】

①【田】殷高宗以象求傅說於野，秦繆公夢聽鈞天之樂。

②【王】漢武巡省五岳，立宮山下曰集靈。

③【上行】音危。

④【王】玄宗命兩京、諸州各置玄元廟。

⑤【上行】音莫，遠也。

⑥【上尾】寮，音聊，同官爲寮。今通“僚”。

賦得落日山照曜①

張　謂

徘徊空山下，晼晚殘陽落❶。

圓影過峰巒，半規入林薄❷。

餘光徹群岫，亂彩布幽壑[1]。

石鏡共澄明，嚴潭[2]佐昭灼②。

棲禽去杳杳❸，晚烟生漠漠。

此意誰復知，獨懷謝康樂③。

【校記】

[1]【上行】一作"分重壑"。

[2]【上行】一作"岩光"。

【注釋】

①【上尾】曜、燿、耀皆同。

②【上行】同"照灼"。

③【王】題是謝詩句。○【上尾】晼，於阮切，音宛，明久也。灼音酌，昭也。

【評解】

❶【上行】完題。

❷【上眉】破題後總以落日及山合寫，仍不脫照曜意。魯之貞稱其由"過"而"入"寫"落"字，由"峰巒"而"林薄"寫"山"字，皆用淺深法，真極筆也。

❸【上行】山中晚景。

總評：

　　題有無平字者，如石鼓、玉燭類，必用仄韵，故題字平仄俱見者，亦任其擇用，始知唐詩原有仄韵律。孫月峰作《排律辨體》，特出仄律一門，非誤也。祇月峰謂試律止於省試，且謂省試爲今鄉試，則不然。前代無鄉試，唐以禮部試士，即是省試，謂尚書省也。蓋鄉無省名。元以郡縣上加中書行省一官，而明初因之，始改道、路爲省，唐未有也。況唐赴省試，必由府縣館監課，其成者然後貢赴禮部，其不由諸試進者，名曰鄉貢，則鄉與省正水火相反，豈可混稱？祇省試惟禮部一省，而長慶以後禮部試訖，又必進中書、門下兩省詳覆，然後放榜，則其名省，或即兼兩省言之，則未可知耳。

迎春東郊 ❶

張　濯 ❷

　　顓頊時初謝，勾芒令復陳①。

　　飛灰將應節，賓日已知春。

　　考曆明三統，迎祥與[1]萬人。

　　衣冠宵執玉，壇墠②曉清塵。

　　肅穆來東道，回環拱北辰。

　　仗前花待發，旗處柳凝新。

　　雲斂黃山際，冰開素滻濱③。

　　聖朝多慶賞，希爲薦沉淪。

【校記】

　　[1] 與，一作"授"。

【注釋】

①【田】顓頊冬帝,勾芒春神。

②【上行】時戰切,然,去聲。壇畔,低處平場也。

③【上行】音產。○【王】滻水,在西安府城東。

【評解】

❶【田】此與《閏月定四時》《律中應鐘》《東風解凍》《水始冰》《腐草爲螢》《三讓月成魄》《行不由徑》《言行相顧》《洛出書》《反舌無聲》《竹箭有筠》《震爲蒼莨竹》《歸馬華山》《西戎即叙》《笙磬同音》類,皆以經書出題,前此試士並未有此,固知八比始試詩也。

❷ 八韵。

京兆府試出籠鶻①

濮陽瓘②

玉鏃分花袖,金鈴出彩籠。

搖心長捧日,逸翮[1]鎮生風。

一點青霄裹,千聲碧落中❶。

星眸隨狡兔,霜爪落飛鴻。

每念提攜力,嘗懷搏擊功。

以君能惠好,不敢没遙空③。

【校記】

[1]【上行】一作“翰”。

【注釋】

①【上尾】胡骨切,魂,入聲。

②【上行】音貫。

③【上尾】玉鏃,喻鷹爪也。杜甫詩:金眸玉爪不凡材。鏃,乍木切,音瀆。搏,音博,繫也。

【評解】

❶ 二語寫出籠,神筆。

總評:

六朝《游獵篇》遜此勁爽,遂爲三唐絕作。

賦得春風扇微和

張　彙

木德生和氣,微微入曙風。
暗催南向葉,漸煮北歸鴻❶。
澹蕩侵冰谷,悠揚轉蕙叢。
拂塵回廣路,汎①瀨過遙空②。
暖上烟光際,雲移律候中。
扶搖如可借,從此戾③蒼穹。

【注釋】

①【上行】同泛。

②言如波聲也。○【上眉】瀨,一作"籟"。《莊子》:地籟,天籟。注:聲所從出曰籟。

③【上行】音利。

【評解】

❶【上行】四句內"扇"字、"微和"字俱透。

賦得春風扇微和

豆盧榮

春晴生縹紗，軟①吹和初遍。
池影動波瀾[1]，山容發蒽蒨。
遲遲入綺閣，習習披[2]芳甸②❶。
樹杪颺鶯啼，階前落花片③❷。
韶光恐閒放，旭日宜游宴。
文客拂塵依，仁風願回扇④。

【校記】

[1]【上行】一作“淵淪”。

[2]【上行】披，一作“流”。

【注釋】

① 音善，同輭，柔也。

②【上眉】習習，和舒也。《詩》朱注。

③【上行】杪，音藐，木末。

④【田】王導遇風發，以扇拂之曰：元規塵污人。謂庾亮也。謝安贈袁宏扇，宏曰：願奉揚仁風。○【上行】蒨，音倩，草盛貌。颺，音漾，風飛物也。

【評解】

❶【上行】句句是扇。

❷【上行】切“春”。

總評：

張南士欲改“落”爲“弄”字，固佳，然“微和”不必早春也。

府試焚裘 ①

失 名

令主臨螭陛，懲奢蓺雉裘。
忽看陽焰起，如睹吉光流②。
綵翟辭宸幄，飛翬出御樓❶。
烟隨良冶發，火以負薪投❷。
五緎輸三粲，千羊不一收❸。
敝貂懷儉德，敢爲晏嬰羞❹。③

【注釋】

①【田】晉武焚雉頭裘于殿前。

②【王】漢武天漢年，西域獻吉光毛裘。

③【上尾】蓺，同"爇"，如悅切，音泄，燒也。幄，音握，覆帳四合，象宮室。緎，音域，裘之縫界也。

【評解】

❶ 此以雉裘與翟扇、翬翬關合。

❷ 此又以良冶學裘、反裘負薪關合"焚"字，大奇。

❸【王】《詩》：素絲五緎，三英粲兮。《國策》：千羊之皮，不如一狐之腋。此自寓也。

❹【王】敝貂用蘇秦事。晏嬰一狐裘三十年，言儉也。

早春殘雪

裴乾餘

霽日凋瓊彩❶，幽庭減夜寒❷。

梅飄餘片積❸，日墮晚光殘。

零落偏依桂，霏微不掩蘭❹。

陰林披霧縠，小沼破冰盤。

曲檻霜凝砌，疏篁玉碎竿❺。

已聞三徑好，猶可訪袁安①。

【注釋】

①【王】袁安大雪僵臥不出。○【上眉】縠，胡谷切，音斛。《增韵》：縐紗也。相如《子虛賦》：垂霧縠。言細如霧，垂之爲裳也。

【評解】

❶【上行】雪。

❷【上行】春。

❸【上行】承殘雪。

❹ 不掩者，殘也。"惜起"句不敵。

❺ 刻劃句。

附舊作：

麗景春偏早，閒庭雪尚殘❶。

風微融地濕❷，日薄過林寒。

柳絮沾還墮，梨花落自乾❸。

碧流波底凍，白見草頭瘢。

興盡山陰久，吹停黍谷難。

陽和窮巷起，應有問袁安①❹。

【注釋】

①【上尾】瘢，音盤。

【評解】

❶【上行】順破完題。

❷【上行】承殘雪。

❸【上行】二句形容殘雪。

❹【上尾】王子猷雪夜訪戴，今雪殘，故云興盡已久。鄒子吹律，黍谷陽回，尚有殘雪，未可停吹，關合極巧。

御箭連中雙兔

失　名

宸游經上苑，羽獵向閑田。

狡兔初迷窟，纖驪詎着鞭①。

三驅仍百步，一發遂雙連❶。

影謝含霜草，魂離向月弦。

歡聲動寒木，喜氣滿晴天❷。

那似陳王意，空垂樂府篇。❸

【注釋】

①【王】《國策》：乘纖驪之馬。

【評解】

❶【王】《易》：王用三驅。《詩》：一發五豝。楚養由基射楊葉百步之外。曹植《名都篇》：一縱兩禽連。謂中雙兔也。

❷湊句。

❸【上眉】向月：相傳兔無雄，望月而孕。又半月爲上弦、下弦，唐太宗《詠弓》詩：上弦明月半。

閏月定四時❶

羅　讓①

月閏隨寒暑，疇人[1]定職司。
餘分將考日❷，積算自成時❸。
緯[2]候行宜表，陰陽運不欺。
氣薰灰琯驗，數扐卦辭推②。
六曆文明序，三年步暗移。
當知歲功立，唯是奉無私❹。

【校記】

[1] 咨。○【上眉】疇咨，諸本皆作"疇人"。考《周禮》無"疇人"之官，必"咨"字之誤。蓋題出《尚書》，則用《書》中字何疑？《易·繫詞》："歸奇于扐以象閏。"言揲蓍所餘之策，勒於左手中三指之兩間，猶月之有餘日也。蔡邕議云：黃帝、顓頊、夏、殷、周、魯，凡六家，歷二十八宿爲經，日、月、五星爲緯，五日一候，六候成月，六氣成時，一歲七十二候，二十四氣。

[2] 一作"律"。

【注釋】

①【上尾】琯，音管，玉琯。扐，音勒。

②【王】《太玄經》：調律者，度律爲琯，葭莩爲灰。《易》：揲之以四，以象四時，歸奇于扐，以象閏。

【評解】

❶【田】《堯典》：以閏月定四時成歲。

❷【上行】閏月。

❸【上行】定時。

❹ 明暗對仗，佳甚。○【田】《書傳》：羲和六官，曆象日月星辰。有文明之序，故以閏三年推步，與三年大比相照。《禮記》：奉三無私，以勞天下。

閏月定四時

許　稷

玉律窮三紀，推爲積閏期。
月餘因妙算，歲遍自成時①。
乍覺年華改，翻憐物候遲。
六旬知不惑，四氣本無欺②。
月桂虧還正，階蓂落復滋③。
從茲分曆象，共仰定毫氂。

【注釋】

①與羅作相似，而歲、月、時雜出，遜之遠矣。詩所以貴調度也。

②【王】三百六旬有盈歉，則閏生矣。

③所謂閏也。

鮫人潛織①

康翊仁

珠館馮夷室，靈鮫信所潛。
幽閑雲母牖，浤瀁水精簾。
機動龍梭躍，絲縈藕綫添❶。

七襄牛女恨,三日大人嫌❷。
□□□[1]吳練,凝冰笑越縑。
無因聽札札,空想濯纖纖。②

【校記】

[1] 整理者按:《文苑英華》卷一八五作"透手擊"。

【注釋】

①【王】《博物志》:鮫人潛居水底織綃,出人間賣之。

②【上尾】滉,戶廣切,黃,上聲。滉瀁,水深廣貌。瀁,音養,又,同"漾"。

【評解】

❶ 極力賦寫,祇"藕絲"對"龍梭",頗未稱。○【王】陶侃漁雷澤,得梭挂壁,化為龍去。

❷【田】《詩》:終日七襄。樂府:三日斷五匹,大人故嫌遲。

小苑春望宮池柳色①

元友直

柳色新池遍,春光御苑晴。
葉依青閣密,條向碧流傾❶。
路暗陰初重,波搖影轉清。
風從垂處度,烟就望中生❷。
斷續游絲住[1],飄颻戲蝶輕。
怡然變芳節,願得一枝榮。

【校記】

[1] 絲,一作"蜂",誤。○【上行】住,一作"聚"。

【注釋】

① 官韻"晴"字。

【評解】

❶【上行】内有"宫池"二字。

❷ "望"字獨出。

春　雲①

鄧　倚

搖曳自西東,依林又逐風。

勢移青道裏❶,影泛綠波中。

夕霽方明日,朝陰復蔽空。

度關隨去馬,出塞引飛鴻❷。

色任寒暄變,光將遠近同。

爲霖如見用,還得助成功❸。

【注釋】

① 此不知何年題,韵不用題字。○【上眉】《月令通考》:立春節,月東從青道。

【評解】

❶【上行】切"春"字。

❷ 此非他時可混矣。

❸ 是帖有焦郁、裴澄與此三首,皆各韵,則并非主司所限矣。必當時原有任意用韵一例,今不可考耳。

附舊作:

春至占天景,雲開見物華①。予

來從緱氏②國,行過楚王家。_{寺童}

移草如馳蓋,紫花似障紗。_予

浮車翻羽翼,噓蟄起蝦蟆。_童

日暖同烟散,風輕帶雨斜。_予

陽和方布氣,輪囷望無涯③。_童

【注釋】

① 此予宿吳寺,與寺童聯句者,亦不用題韻。

②【上行】居侯切,音鉤。緱氏,縣名。

③【上尾】囷,區鈞切,屈,平聲。輪囷,屈,盤戾貌。蟄切,沈,入聲。

唐人試帖卷二

臨淵羨魚

張元正

有客百愁侵，求魚正在今❶。
廣川何渺漫，高岸幾登臨。
風水寧相阻，烟波豈憚深。
不應同逐鹿，詎肯比從禽①。
結網非無力，忘筌自有心。
永存芳餌在，佇立思沉沉。②

【注釋】

①【上眉】《易》：即鹿無虞，以從禽也。古以獵爲禽，非專指羽族言。

②【王】《蒯通傳》：秦失其鹿，天下共逐之。《董仲舒傳》：臨淵羨魚，不如退而結網。《莊子》：得魚而忘筌。○【上尾】筌，且緣切，音詮，取魚器。

【評解】

❶ 起劣。

日暖萬年枝①

郭 求

旭日升溟海，芳枝散曙烟❶。

温和臨樹久,煦嫗在條偏❷。

陽德符君惠,嘉名表聖年❸。

似承恩渥厚,幸屬棟梁賢❹。

生植雖依地,光華只信天❺。

不才甘仄陋,徒望向榮先。

【注釋】

①【上尾】嵇康有賦。其樹曰女貞,亦曰長生,漢、晉殿前植之。宋徽宗以試士,無中程者,或問中貴,答曰:"冬青樹也。"

【評解】

❶ 破"日""枝"字。

❷ 點足"暖"字。

❸ 上句實賦"日暖",下句實賦"萬年",奇絕。

❹ 二句又實賦"枝"字。

❺ 總開二句,生撰之極。

日暖萬年枝

鄭師真①

禁樹敷榮早,偏將麗日宜❶。

光搖連北闕,影泛滿瑤池[1]❷。

得地方和煦[2],逢時異赫曦②。

葉知盈歲積,根是舊時[3]移❸。

涼露祛③宵潤,薰風帶午吹❹。

朝陽光照處,惟有近臣知[4]❺。

【校記】

[1]【上行】一作"南枝"。

[2]舊本作"知照",誤。

[3]【上行】一作"永年"。

[4]【上尾】一作"霄露猶殘潤,薰風更共吹。餘暉誠可托,況近鳳皇池"。

【注釋】

① 但用題韵,不出題字,疑結錯他詩致誤。

②【上行】音希,日光。

③【上行】音區。

【評解】

❶【上行】逆破。

❷ "搖連""泛滿"雜出。

❸ 實賦"萬年",妙甚。

❹ 以"風""露"陪"日"字,以"宵潤""午吹"開"暖"字,入轂在此。

❺ 此結係王約詩,不知舊本何以屬此。

緱山鶴①

張仲素

羽客驂仙鶴,將飛駐碧山。

映松殘雪在,度嶺片雲還②。

清唳因風遠,高姿對水閑。

笙歌憶天上,城郭嘆人間❶。

幾變霜毛潔③,方殊藻質斑。

蓬瀛如可到,逸翮詎能攀❷。

【注釋】

①【上尾】《列仙傳》:王子晉,周靈王太子,好吹笙,作鳳鳴,游伊洛間。道士浮丘公接以上嵩山。後謂人曰:“可告我家,七月七日,待我於緱氏山。”至期,果乘白鶴而至。

②“殘雪”“片雲”俱指鶴。

③【上行】鶴千年而化爲玄。

【評解】

❶佳句。【田】丁令威化鶴歸,曰:城郭如故人民非。

❷【上眉】無中比二句,則緱山意不醒。用事既靈變,附題又親切,真妙手也。羽客,《楚詞》:仍羽人於丹丘。

律中應鐘

裴　元

律窮方數寸①❶,室暗在三重②。

伶管灰先動❷,秦正節已逢③。

商聲辭玉笛,羽調入金鐘④。

密葉翻霜彩,輕冰斂水容。

望鴻南去絕,迎氣北來濃⑤。

願托無凋性,寒林自比松。

【注釋】

①【上眉】數寸:《孝經説》:冬至律應黄鐘,其管最長。按,黄鐘之管長九寸,以下遞殺,故應鐘之管四寸六分爲最短。《律曆

志》:黄帝使伶倫取嶰谷之竹,以爲黄鐘之管。

②【田】應鐘律四寸六分,隋造候氣法,置三重密室。

③【王】伶倫(【上行】古樂師。)截管埋地,至十月,則應鐘管灰動。秦改十月爲正朔,即應鐘月也。

④【田】商聲爲秋律,孟冬律中應鐘,其音羽。

⑤【田】迎冬氣於北郊。

【評解】

❶【上行】從應鐘律寫起。

❷【上行】承,點十月。

泗濱得石磬①

李　勛②

浮磬潛清深,依依呈碧潯。
出水見貞質,在懸含玉音❶。
對此喜還嘆,懷之昔至今❷。
器古契良覿,韵和諧宿心。
何爲值明鑒,適得推幽沉。
自兹入清廟,無復泥沙侵。

【注釋】

①【王】《禹貢》:泗濱浮磬。孟嘗君求石磬於泗濱,得之。

② 不用題韵。

【評解】

❶ 通體以拗調見異。

❷ 空賦“得”字,非泛也。

賦得三讓月成魄①

劉　瑑

禮數儼天象，周旋逐月成。

教人三讓美，爲客一宵生②。

初進輪猶暗，終辭影漸明。

幸陪賓主位，取舍任虧盈③。

【注釋】

① 官限四韵。時主司諭云："不得泛説鄉飲之事。"○【田】《鄉飲酒義》：三讓而後升，象月之三日而成魄也。

②【田】唐試士日，通一宵給三條燭。

③【田】鄉飲即賓興，唐長吏設賓主席。

圓靈水鏡

徐　敞[1]❶

浮光上東洛，揚彩滿圓靈。

明滅淪江水，盈虛逐砌蓂。

不分沙岸白，偏照海山青。

練色臨窗牖，蟾光靄戶庭。

成輪疑璧影，初魄類弓形❷。

遠近凝清質，依微出衆星。

【校記】

[1] 水鏡，舊本誤作"冰鏡"，以致元人作《韵府》者，亦以"冰"

字收入韵脚,不知是題出自《月賦》,其下接以"周除冰凈"句,安得先犯"冰"字耶?

【評解】

❶【王】圓靈,天也,言月之光彩照天如水鏡也。

❷ 反出鏡字。

圓靈水鏡

張　聿①

鳳池開玉鏡,清瑩寫❶寥天。

影散微波上,光含片玉懸❷。

菱花流灔溦❸,桂樹映清鮮。

樂廣披雲日,山濤捲霧年❹。

濯纓何處去,鑒物自堪妍❺。

回首看靈液,蟾蜍勢正圓②。

【注釋】

①【上尾】瑩,去聲,縈定切,玉色,一曰潔也。

②【上行】蜍,音除,同"蟾"。

【評解】

❶【上行】舒也。

❷ 上承"水"字,下承"鏡"字。

❸【上行】"水""鏡"刻劃。

❹【王】晉魏瓘稱樂廣曰:此人中水鏡也,見之若披雲霧。山濤爲吏部,藻鑑人物,時號山公啓事。○【上行】以人爲喻,皆切水鏡事。

❺ 仍以水、鏡分頌。

亞父碎玉斗①

裴次元[1]

雄謀竟不決❶,寶玉將何愛。
倏爾霜刃揮,霎②若春冰碎。
飛光動旌旗❷,雜響震環珮。
霜濃繡帳前,星流錦筵内。
霸王業已虛❸,爲虜語空悔❹。
獨有青史中,英風冠千載[2]。

【校記】

[1]一作“夷直”。

[2]【上眉】霎若,一作“颯然”。旌旗,一作“旗幟”。雜響震,一作“散響驚”。霜摧,一作“霜灑”。後比首句,一作“圖王業已失”。

【注釋】

①【王】沛公鴻門宴後,以玉斗一雙獻范增,增拔劍撞玉斗碎之。

②音殺。

【評解】

❶【上行】起勢突兀。

❷【上行】切鴻門宴。

❸【上行】叙事不可少,方與首句相照。

❹【田】亞父曰:吾屬將爲虜矣。

亞父碎玉斗

何儒亮

嬴氏昔解綱，楚王有遺躅。
破關既定秦，碎首聞獻玉❶。
貞姿應刃散，清響藉風續❷。
匪循切泥功，將洗懷璧辱❸。
莫量漢祖懷，空受項王勖。
事去見前心，千秋渭波綠。

【評解】

❶ 以漢高碎首關合題字。

❷ 惟響續則質不續矣。

❸ 抒寫特勝。○【王】昆吾劍切玉如泥。《左傳》：懷璧其罪。

省試東風解凍

徐　寅

暖氣發蘋末①❶，凍痕銷水中❷。
扇冰初覺泮，吹海旋成空❸。
入律三春變，朝宗萬里通❹。
岸分天影闊，色照日光融❺。
波起輕搖綠，鱗游乍躍紅。
殷勤拂弱羽，飛翥趁和風。

【注釋】

① 【上眉】《楚辭》：風起於青蘋之末。東風入律，十旬不休。

【評解】

　　❶【上行】東風。

　　❷【上行】解凍。二句分。

　　❸【上行】二句合。

　　❹【上行】二句分。

　　❺【上行】二句又合。

<h1 style="text-align:center">都堂試貢士日慶春雪</h1>

李　衢

錫瑞來豐歲，旌賢入貢辰。

飄來梅共笑，飛作柳邊春。

遠砌封瓊屑，依階噴玉塵。

蜉蝣吟更苦，科斗映還新❶。

白玼迷難辨，冰壺鑒易真。

因歌大君德，率舞詠陶甄。①

【注釋】

　　①【上眉】古無都堂之號。考字義，都，大也，統群官之稱，謂試士於禮部之大堂也。後有《尚書都堂瓦松》題可證。杜氏《通典》：省中以粉塗壁，畫古賢、烈女，又名畫省。《詩·曹風》：麻衣如雪。唐士子類服麻衣。皮日休詩“三十麻衣弄渚禽”、李山甫詩“麻衣酷獻平生業”可證。

【評解】

　　❶【田】《詩》：“蜉蝣掘閱，麻衣如雪。”唐試士子服麻衣。

都堂試貢士日慶春雪

李　景

密雪分天路❶,群才坐粉廊。
靄空迷畫景,臨宇借寒光❷。
似暖花融地,無聲玉滿堂❸。
灑詞偏誤曲❹,留硯不因方❺。
幾處曹風比,何人謝賦長。
春暉早相照,莫滯九衢傍❻。

【評解】

❶【上行】起手便工。

❷臨宇,臨檐也。試場景如畫。

❸關合心苦。○【上行】春雪、都堂合寫。

❹【上行】內有“試”字。

❺【王】白雪,曲名。《雪賦》:既因方而為珪。

❻誤曲、因方,皆用雪事,妙。此詩通首關合應試,閑處著筆,靈巧絕倫。

飛鴻響遠音

李體仁

漠漠微霜夕,翩翩出渚鴻。
清聲流曠[1]野,高韻入寥空❶。
逸翮經寒塞,殘音度遠風。
縈雪猶類網,避月尚疑弓❷。

凡響[2]雖能振,清[3]霄竟未通。

欲知依戀意,聽取暮烟中❸。

【校記】

　　[1]【上行】迴。

　　[2]【上行】弱羽。

　　[3]【上行】丹。

【評解】

　　❶【上行】二句寫"遠音"。

　　❷ 二語亦帶遠意。

　　❸ 結甚宛轉。

賦得春水綠波

朱　林

芳時淑氣和,春水澹成[1]波。

滉瀁滋蘭杜,淪漣長芰荷①。

江[2]光扶翠淑,潭影瀉清莎。

歸雁追飛盡,纖鱗游泳多。

朝宗終到海,潤下每盈科❶。

願假中流便,從茲發棹歌❷。

【校記】

　　[1]【上行】烟。

　　[2]【上行】晚。

【注釋】

　　① 【上眉】兩角爲菱,四角爲芰。漣,風動水成文。

【評解】

❶ 引經得生語。

❷【田】中流、棹歌,見漢武辭,言願作從臣也。

河中獻捷❶

張　隨

叛將忘恩久,王師不戰通。

凱①歌千里内❷,喜氣二儀中。

寇盡條山下,兵回漢苑東❸。

將軍初執訊,明主欲論功。

落日烟塵净,寒郊壁壘空❹。

書生懷策返,何用遠從戎。❺②

【注釋】

① 凱,同"愷",軍勝之樂。

②【上眉】《周禮》:奏凱樂。又《左傳》:晉文振旅凱以入。蓋軍勝之樂。《詩》:"執訊獲醜。"注:醜,衆也,衆之爲魁者,獲而執之,獻於王而訊之。《漢·趙充國傳》:安邊之策。又《鄧禹傳》:杖策軍門。

【評解】

❶【田】唐僖宗朝,河中節度使王重榮作亂,二傳至子珂。昭宗天復元年,朱全忠殺珂,平河中。

❷【上行】從"獻捷"起。

❸【田】中條山在河中,"漢苑東"言還長安也。

❹【上行】極寫捷後升平景象。

❺【上尾】翻筆作結,思巧句勁。

觀淬龍泉劍①

裴　夷

歐冶[1]將成器,風胡喜[2]見逢。

發硎思切[3]玉,投水化爲龍❶。

不復藏深匣,終期用剒②鐘❷。

蓮花生寶鍔❸,秋日勵霜鋒❹。

練影繞三尺,吹毛過萬重❺。

礱磨如不倦,提握敢辭從❻③。

【校記】

[1]【上校】冶。

[2]【上行】幸。

[3]【上行】剗。

【注釋】

①【王】《越絕書》:風胡子觀歐冶作劍,一名龍淵,即龍泉,以其水可淬劍也。

②音弗。斷也,斫也。

③【上眉】《吳越春秋》:越王聘歐冶作名劍五,曰純鈎、湛盧、豪曹、魚腹、巨闕。後湛盧去之楚,楚王召風胡子,問劍值幾何。對曰:歐冶子死,雖傾城量金珠玉猶不可與,況駿馬萬乘之都乎? 鍔音諤,刀劍刃,鋒棱。

【評解】

❶【王】庖丁解千牛,而刀刃若新發硎(【上行】硎,砥石也。音

形。）。昆吾劍切玉如泥。雷爽携豐城劍過延平津,化爲龍。

❷【王】干將之劍,刺鐘無聲。

❸【上行】寫淬劍。

❹【王】薛燭望純鈎曰:沉沉若芙蓉始生于湖。所謂淬也。

❺【王】提三尺取天下。霄練劍,白晝見影。《物理論》:阮師之刀,截輕微不絕絲髮之繫。杜詩:騎突劍吹毛。

❻對結。○【上尾】郭元振《古劍歌》:琉璃匣裏吐蓮華。杜詩:風塵三尺劍。

風光草際浮①
裴　杞

澹蕩和風至,芊綿碧草長❶。

徐吹方[1]撲翠,半傴遽[2]浮光。

葉似翻宵露,叢②疑扇夕陽❷。

逶迤明曲渚,照曜滿回塘。

白芷生還暮,崇蘭泛更香。

誰知攬結處,含思有餘芳③。

【校記】

[1]【上行】遥。

[2]【上行】乍。

【注釋】

①【上】芊,音千。逶,音威。迤,音駝,又音夷。

②同"蘩"。

③【田】《楚詞》:"綠蘋齊葉兮白芷生。""光風轉蕙,泛崇蘭

些。"○【上眉】切"草際",寫"風光","翻"字、"扇"字,都爲"浮"字寫意,而句特流麗。

【評解】

❶【上行】破"風""草"。

❷ 自然捲舒,全不見纂組之迹。

風光草際浮

吳　祕

草色春芳發,風光曉正幽。

輕明搖不散,郁昱①麗皆浮。

吹緩同苗轉,暉揚見葉柔。

碧疑烟彩入,紅是日華流❶。

耐可披襟對,惟應滿掬收。

恭聞掇芳客,爲此尚淹留❷。

【注釋】

①【上眉】昱,音欲,日光也,又明也。

【評解】

❶ 刻意摩寫俱佳。

❷ 結亦變體。

曲江亭望慈恩寺杏園花發

曹　署

渚亭❶臨净域,憑望❷一開軒。

曉日分初地,東風發杏園❸。

空門饒色相,御陌間寒暄。

寺自游時入,花從宴處繁❹。

香迷亭外路,紅出塔東垣❺。

只有閑桃李,芳菲自不言。

【評解】

❶【上行】曲江亭。

❷望。

❸【上行】四句完題。

❹【田】唐放榜,進士每從曲江至慈恩寺,開宴題塔。

❺是望中景色。

賦得錦帶佩吳鈎

張友正

帶劍誰家子,春朝紫陌游。

結邊霞聚錦,懸處月隨鈎。

彩縷回文出,雄芒練影浮。

葉依花裏豔,霜向鍔中秋❶。

的皪翻[1]驄馬,斒斕映綺裘①❷。

應須持報國,一刎月支頭❸。

【校記】

[1] 翻,一作"宜"。

【注釋】

①【上眉】的皪,音"滴力",白貌。斒斕,音"斑闌",色不純。

又,文貌。

【評解】

❶【上行】六句分。

❷【上行】二句合。

❸ 是唐人結客少年佳詩。○【王】《張騫傳》:匈奴破月支王,以其頭歸爲飲器。

尚書郎上直聞春漏

張少博

建禮含香處,重城待漏辰。

徐聲傳鳳闕[1],曉唱辨雞人。

銀箭聽將盡,銅壺滴更新。

催籌當五夜,移刻及三春❶。

杳杳從天遠,泠泠出禁頻①。

直廬殘響曙,肅穆對鉤陳❷。

【校記】

[1]"徐聲"有誤。

【注釋】

①【上眉】泠,音陵。泠泠,泉聲。

【評解】

❶ 實賦"春"字一句。

❷ 單結"上直",大雅。○【王】漢尚書郎含雞舌香奏事。《周禮》:雞人掌夜呼曉叫。《漢官儀》:衛士候于朱雀門外,專傳雞唱。鉤陳,後宮也。

尚書郎上直聞春漏

周　徹

建禮通華省，含香直紫宸。

靜聞銅史漏，暗識桂宮春。

滴瀝時將絕，清泠候轉新。

寒聲辭鳳沼，疏韵應雞人❶。

迴入千門徹，行催五夜頻。

高臺閑自聽，非是駐征輪❷。

【評解】

❶ 此八句與張作工力悉敵。

❷ 言上直也，但句劣矣。

府試中元節觀道流步虛

殷堯藩❶

玄都開秘籙①，白石禮先生❷。

上界秋光淨，中元夜景清。

星辰朝帝列，鸞鶴步虛聲。

玉洞花長發，珠宮月最明❸。

埽壇天地肅，授簡鬼神驚。

儻賜刀圭藥，還成不死名❹。

【注釋】

①【上眉】籙，音六，圖書。一曰籠也。

【評解】

❶ 韵不用題字。此詩不用題韵,而所押第三韵又有"聲"字,疑題是"步虛聲"。而傳本偶脱其字者,特"步虛聲"不得云"觀"。而詩中月明花發,又別無"聽",意不可解。〇【王】陳思王聞空裏誦經聲,以法則寫之,謂是仙聲。道士效之,作步虛之聲。許澶游仙有"天風吹下步虛聲"句。

❷【田】中元節建玄都醮。《列仙傳》有白石先生。

❸ 顧"中元"一句。

❹【田】刀圭藥劑,方寸之名。

青雲干吕①

林　藻[1]

應節偏干吕,亭亭在紫氛❶。
綴霄初度影,捧日已成文。
結蓋祥光迥,爲樓翠色分❷。
還同起封上,更似出橫汾❸。
作瑞來藩國,成形表聖君。
徘徊如有托,誰道比閑雲❹。

【校記】

[1] 一作吳祕。

【注釋】

①【田】漢武天漢三年,月氏國獻神香。使者曰:東風入律,十月不休,青雲干吕,連月不散,意中國有好道之君,故貢神香。

【評解】

❶【田】應節,如"冬至雲出箕,立春雲出房"類。

❷【王】黃帝與蚩尤戰涿鹿，上有雲如車蓋。漢帝封泰山，見雲起成樓閣。

❸【王】白雲起封中，黃雲覆汾鼎，皆漢武事。

❹ 結雅。

青雲干呂

令狐楚

郁郁復紛紛，青霄干呂雲❶。
色令天下見，候向管中分。
遠覆無人境，遙彰有道君。
瑞容驚不散，冥感信稀聞。
湛露羞依草，南風恥帶薰。
恭惟漢皇帝，餘烈尚氛氳❷。

【評解】

❶【田】卿雲郁郁紛紛。

❷ 直作頌語，體法一變。

省試驪珠①

耿湋

是日重泉下，言探徑寸珠。
龍鱗原不逆，魚目也應殊。
掌上星初滿，盤中月正孤。
酬恩光莫及，照乘色難渝。
欲問投人否，先論按劍無。

儻憐希代價,敢對此冰壺②。

【注釋】

①【王】謂驪龍頷下珠也,出《莊子》。

②【王】隋侯見大蛇傷而救之,其蛇銜徑寸之珠以報德。魏王有珠,照車前後十二乘。投人、按劍,見鄒陽《上梁王書》。

省試臘後望春宮

林　寬

皇都初度臘,鳳輦出深宮。
高凭樓臺上,遙瞻灞滻中。
仗凝霜彩白,袍映日華紅。
柳眼方開霧,鶯聲漸轉風。
御溝穿斷靄,驪岫倚斜空。
時見宸游興,因觀稼穡功①。

【注釋】

①【上眉】凭,同"凴",音平,隱几。又,倚也。又,去聲,音病,義同。

賦得鳥散餘花落

孔溫業

美景春堪賞,芳園白日斜❶。
共看飛好鳥,復見落餘花❷。
來往驚翻電,經過想散霞❸。

雨餘飄處處,風送滿家家❹。

求友聲初去,離枝色可嗟。

從茲換時節,詎謂惜年華。

【評解】

❶ 起太無着。

❷ 截然分對,亦未的確。

❸ 入轂在此二句。

❹ "雨餘"添出。

附聯句:

暝鳥分飛後,_{張杉} 春園返照初。

枝空搖不定,_予 花少剩無餘。

散毳連英下,_杉 零紅逐翅虛。

喧停飄去靜,_予 踏久墜來徐。

點絮曾銜雀,_杉 鋪鱗似鱠魚。

芳華誰不惜,_予 流盼轉踟躕。_杉

湘靈鼓瑟①

錢　起

善鼓雲和瑟,常聞帝子靈②。

馮夷空自舞,楚客不堪聽❶。

逸韵諧金石,清音發杳冥❷。

蒼梧來怨慕,白芷動芳馨。

流水纏湘浦,悲風過洞庭❸。

曲終人不見，江上數峰青。

【注釋】

　　① 舊注：天寶十年。

　　②【王】《周禮》：雲和之瑟。注：地名。

【評解】

　　❶ 承點屈平一句，亦補題法。○【王】馮夷，水神。屈平《遠游》篇：使湘靈鼓瑟兮，令海若舞馮夷。

　　❷ 實賦二句，以"金石"起"瑟"字，以"杳冥"寫"湘靈"字。

　　❸ 流水、悲風，皆曲調名。

　　總評：

　　往在揚州，與王于一論詩，王謂："錢詩固佳，而起尚樸傶（【上行】音塞，先代切，細碎也。）相。此題意當有縹緲之致，霎然而起，不當纏繞題字。"時予不置辨，但口誦陳季首句"神女泛瑤瑟"、莊若訥首句"帝子鳴金瑟"，謂此題多如是。王便嘿然。蓋詩法不傳久矣。

　　此題所見凡五首，然多相襲句，如錢詩最警是"流水""曲終"四句。然莊若訥詩有"悲風絲上斷，流水曲中長"句。陳季、魏璀詩，俱有"曲裏暮山青""數曲暮山青"句，始知詩貴調度。錢詩調度佳，原不止以"江上數峰"見縹緲也，善觀者自曉耳。

湘靈鼓瑟

陳　季

神女泛瑤瑟，古祠儼野亭。

楚雲來泱漭，湘水助清泠。

妙指徵幽契，繁聲入杳冥。

一彈新月白，數曲暮山青。

調苦荆人怨，時遙帝子靈❶。

餘音如可賞，試奏爲君聽①。

【注釋】

　　①【上尾】漭，母黨切，音莽，漭沆，水大貌。又，去聲，莫浪切，漭浪，大野也。泱，于黨切，音盎，瀁泱，水貌，又音央。

【評解】

　　❶亦將屈子、湘靈並見。

南至日隔仗望含元殿鑪烟

崔立之

冕旒初負扆，卉服盡朝天❶。

暘谷初移日，金鑪漸起烟❷。

芬香縈篆歇，散漫入貂蟬。

霜仗凝逾白，朱旗映轉鮮❸。

始看浮闕在，稍見逐風遷。

爲沐皇家慶，來瞻羽衛前❹①。

【注釋】

　　①【上眉】鑪，同“臚”，音盧，甀也，飯器。此處當作“鑪”，或用“爐”，二字同。

【評解】

　　❶【田】天子負扆而立，島夷卉服，言朝之廣也。

❷ 四句雖完題,而無"隔仗"字,此長題次第也。

❸ 旗亦仗中物也。

❹ 竟以"望"字結。

南至日隔仗望含元殿鱸烟

王良士

抗殿疏龍首,高臺接上玄❶。

節當南至日,星是北辰天❷。

霜戟羅仙仗,金鱸引御烟❸。

回瞻雙闕麗,通望九門連❹。

拂曙祥光滿,分晴瑞色鮮。

一陽今在曆,引領在陶甄。

【評解】

❶ 含元殿。

❷ 南至日。

❸ 隔仗、鱸烟。

❹ "望"字。

省試行不由徑

張　籍

田裏有微徑,賢人不復行❶。

孰知求捷步,又恐異端成❷。

從易眾所欲,安邪患亦生❸。

誰能達大道,共此竟前程。

子羽有遺迹,孔門傳舊聲❹。
今逢大君子,士節自光明。

【評解】

❶ 成底話? 誰謂此君能詩!

❷ 俱不妥。

❸ 二語頗生撰,是以文句入詩法,然終非俊語。

❹ 補題。

省試行不由徑

孟　封

欲速竟何成,康莊亦砥平。
天衢皆利往,吾道本方行❶。
不復由蓬徑,無因訪蔣生❷。
三條遵廣達,九軌尚安貞。
紫陌悠悠去,芳塵步步清。
澹臺千載後,公道有遺名。

【評解】

❶ 此以論議制題法。

❷ 借用庭徑不合。

總評:

是帖又有王炎、俞簡二詩,總不佳,録此以備詩體,且合觀後
作,以見四書八比文所自始也。

言行相顧

吳叔達①

聖人垂政教，萬古意常傳。
立志言爲本，修身行乃先。
相須寧得闕，相顧在無偏❶。
榮辱當于己，忠貞必動天❷。
大名如副寶，至道亦通玄。
千里猶能應，何云邇者焉②❸。

【注釋】

① 韵不用題字。

② 孟翶作亦有"坐知清鑒下，相顧有人焉"，是必官限"焉"字，故各不用題韵，各有"焉"字耳。且此亦文句例，與徒出韵字者不同。

【評解】

❶ 二"相"字古調，初唐七古有之，今昧此久矣。

❷ 此皆以文句入詩法。

❸【王】《繫詞》：出其言，善則千里之外應之，況其邇者乎？

秋河曙耿耿①

陳　潤

曉望秋高夜，微明欲曙河。
橋成鵲已去，織罷女應過。
月上殊開練，雲行類動波。

　　　　尋源不可到,耿耿復如何。

【注釋】

　　① 官限四韵。

附作:

　　康熙乙丑放榜後,周廣庵編修招同館爲試官者集張氏園,分賦唐試題,予得"銀漢"。今唐帖偶不檢,而予詩在長律卷,因并附此:

　　　　顥氣經秋肅,衡潢入夜新。

　　　　周天雲作埉,倒地水無垠。

　　　　風逐蟾車度,波從鵲路堙。

　　　　低垂千尺練,斜嵌一條銀。

　　　　輦下星辰合,筵前瓜果陳。

　　　　南皮高會去,何減泛槎人。①

【注釋】

　　①【上尾】堙,音因,塞也。埉,音劣,垣也。又,封道曰埉。嵌,音欠,陷入中也。潢,音黃,天河曰銀潢。顥氣,天邊氣。

洛出書
郭　邕

　　　　德合天貺呈,龍飛聖人作❶。

　　　　光宅被寰區,圖書出河洛。

　　　　象登四氣順,文闢九疇錯。

　　　　氤氳瑞彩浮,左右靈儀廓。

　　　　微造功不宰,神行利攸博。

一見皇國華，方知禹功薄❷。

【評解】

❶ 此與李程《日五色賦》破同一頌法。

❷ 借補題作頌聖，以應開句。

洛出書

叔孫玄觀

清洛含溫溜，玄龜薦寶書。
波開綠字出，瑞應紫宸居。
物著群靈首，文成列卦初。
美珍翔閣鳳，慶邁躍舟魚。
姒德惟何遠，休皇復在諸。
東都主人意，歌頌望乘輿❶。

【評解】

❶【田】《禮》：麟鳳龜龍爲四靈。《易》：洛出書，聖人則之以畫卦。《帝紀》：鳳翔阿閣。《書》：白魚躍王舟。《書傳》謂：禹法《洛書》作《九疇》。故云"姒德"。

反舌無聲

張　籍

夏木多好鳥，偏知反舌名。
林幽歸舊宿，反舌已無聲❶。
竹外天空曉，溪頭雨自晴❷。

居人疑寂莫,深院益淒清❸。

入霧暗相失,當風閑易驚❹。

來年上林苑,知爾最先鳴。

【評解】

❶ 上句無理。

❷ 此鳥偏于天曉、雨後作聲,故云。

❸ 對拙。

❹ 二句最刻劃。

金谷園花發懷古❶

侯　冽

金谷千年後,春花放滿園。

紅芳徒笑日,穠豔尚迎軒。

雨濕輕光軟,風搖碎影翻。

猶疑施錦帳,堪嘆罷朱紈。

愁思鶯吟澀,啼容露綴繁。

殷勤問前事,桃李竟無言❷。

【評解】

❶ 此元和年省試題。

❷ 但結"懷古"而暗入"桃李"字,以當祈請。

石季倫金谷故園①

許堯佐

石氏遺文在,淒涼見故園。

清風思奏樂，衰草念行軒。

舞榭蒼苔掩，歌臺落葉繁。

斷雲歸舊壑，流水咽新源。

曲沼殘烟斂，叢篁宿鳥喧。

惟餘池上月，猶似對金樽。

【注釋】

①此與李君房同帖，舊編入前題，誤。此詩中無花發意。

石季倫金谷故園

失　名❶

春風生梓①澤，遲暮映花林。

欲問當時事，因傷此日心❷。

繁華人已歿，桃李意何深。

澗咽歌聲在，雲歸蓋影沉。

地形開萬古，笑價失千金❸。

遺迹應無限，芳菲不可尋。

【注釋】

①【上行】音子，楸也。

【評解】

❶此不知何年重出者，尚有王質一詩，亦不詳何時人。特其詩則似金谷園懷古，與前題又不同。

❷此但賦懷古，無花發意。

❸出題字，劣。

附作：

予洛州途次,擬《春日金谷園花發懷古》詩録後：

　梓澤迎朝日,花林發上春。誰爲臨澗客,思煞墮樓人。長阪迷紅藥,連珠散緑蘋①。霜條捎慢錦,露蕊落車茵。讌飲追王詡,風流想季倫。繁華餘豔影,顧盼最傷神②。

【注釋】

　　① 舊注：金谷詩：波激連珠揮。

　　②【上尾】煞,同殺,又,收煞也。捎,音騷。詡,音許。讌、醲、宴三字同。

賦得玉水記方流❶

陳昌言

　　明媚如懷玉,奇姿寄托幽。
　　白虹深不見,緑水折空流❷。
　　方珏清沙遍[1],縱橫氣色浮。
　　類圭才有角,寫月讓成鈎❸。
　　久處沉潛貴,希當特達收❹。
　　滔滔在何許,揭屬願從游❺。

【校記】

　　[1]"珏"字有誤。

【評解】

　　❶【田】《尸子》：凡水方折者有玉,圓折者有珠。此句出顏延年詩。

❷【王】《禮》:玉氣如白虹。

❸二句寫"方"字。

❹【王】《禮》:珪璋特達。

❺滔滔、揭厲,總用《論語》字,寓干請意。

精衛銜石填海❶

韓　愈

鳥有償①冤者,終年抱寸誠。

口銜山石細,心望海波平❷。

渺渺功難見,區區命已輕❸。

人皆譏造次,我獨賞專精❹。

豈訝休無日,惟應盡此生❺。

何慚刺客傳,不著報讎名❻。

【注釋】

①常。

【評解】

❶集題上有"學諸進士作",則此是試題,非試帖也。然《詩類》載此作省試詩。○【田】《述異記》:帝女溺死東海中,化爲鳥,名精衛,每銜西山木石以填東海。

❷承得明白。

❸疏率矣。

❹出題字,劣。且與"抱寸誠"犯。

❺休無日,言無日休也。

❻此必用轟政姊事耳,然引類不合。

唐人試帖卷三

春色滿皇州①

沈亞之

何處春暉好，偏宜在雍州。
花明夾城道，柳暗曲江頭。
風軟游絲重，光融瑞氣浮。
鬥雞憐短草，乳燕傍高樓。
繡轂盈香陌，新泉溢御溝。
行看日近處，進騎似川流。

【注釋】

①元和省試。

春色滿皇州

張嗣初

何處年華好，皇州淑氣勻。
韶陽潛應律，草木暗迎春。
柳變金堤畔，蘭抽曲水濱。
輕黃垂輦道，微綠映天津。
麗景浮丹闕，晴光擁紫宸。
不知幽遠地，今日幾枝新。

【評解】

　　總評：

　　是題試帖甚夥,此二作俱以干請無迹勝人。

省試觀慶雲圖①

柳宗元

設色初成象,慶雲示國都❶。

九天開秘祉,百辟贊嘉謨❷。

抱日依龍衮,非烟近御鑪❸。

高標連汗漫,回望接虛無❹。

裂素榮光發,舒華瑞色敷。

恒將配堯德,垂慶代河圖。

【注釋】

　　①【王】唐德宗時,澤州刺史李鷃上《慶雲圖》。

【評解】

　　❶ 起句拙。

　　❷ 承泛。

　　❸ 是圖。○【田】《唐史》:慶雲見,有黃氣抱日。

　　❹ 以圖與雲合觀,極見作法,且"高標""回望"字,俱不泛下。

省試觀慶雲圖

李行敏

縑素傳休祉,丹青狀慶雲。

非烟凝漠漠❶,似蓋乍紛紛。

尚駐從龍意,全舒捧日文。

光從五色起,影向九霄分❷。

裂素留嘉瑞❸,披圖賀聖君。

寧同窺汗漫,方此睹氛氲。

【評解】

❶【田】雲氣非烟非塵。

❷"五色""九霄"俱雲,與圖兩有關合,十字冠場。

❸"裂素"犯起句,疑誤。

吳宮教美人戰①

顏　粲

有客陳兵畫,功成欲霸吳。

玉顏承將略,金鈿指軍符。

轉珮風雲暗,鳴鼙錦繡趨。

雪花頻落粉,香汗盡流珠。

掩笑誰欺令,嚴刑必用誅。

至今孫子術,猶可静邊隅。

【注釋】

①【王】《史記》:孫武以兵法見吳王,王出宮中美人,孫子分爲二隊,以王寵姬爲隊長,約束而鼓之,婦人笑。復三令五申而鼓之,又笑。孫子乃斬隊長二人以徇。吳王知孫子能用兵,卒以爲將,破楚入郢,北威齊、晉。

吳宮教美人戰

葉季良

强吳矜霸略，講武在深宮。
盡出嬌娥伎，先觀上將風❶。
揮戈羅袖重，擐甲汗妝紅。
掩笑分旗下，含羞入隊中。
鼓停行未正，刑舉令纔崇。
自可威鄰國，何勞逞戰功。　①

【注釋】

　　①【上尾】擐，音患，貫也。《左傳》：擐甲執兵。又音關，義同。逞，切稱，上聲，矜而自呈也。

【評解】

　　❶"嬌娥伎"，劣。

附作：

　　往與張南士避人汝南蔣亭，以旅悶觀試律，嫌其未俊，與之效作。今予詩尚存，而張詩不可得矣：

名將觀兵略，賢王試女戎。
陰符先閫內，秘計定宮中。
金甲摌衣紫，琱旗捲汗紅。
攢眉羞畫戟，錯步笑彎弓。
魚貫看難列，梟刑豈待終。
軍前娘子隊，端賴霸圖雄。　①

【注釋】

①【上尾】瑂，音彫。旗，畫旗也。鎐，古"錯"字。

求自試

竇　常①

仙禁祥雲合，高梧彩鳳游。
沉冥求自試，通鑒有誰收。
文墨無青眼，詩書誤白頭。
陳王抗表日，毛遂請行秋。
大録迷雷雨，司空問斗牛❶。
希垂拂拭惠，感激願相投。

【注釋】

①但用題韵，不出題字。

【評解】

❶【王】曹植上表求自試。毛遂自薦於平原君，請如楚乞師。《虞書》：堯試舜大録，雷雨弗迷。大録，官名。張司空見斗牛間異氣，以問雷焕，焕言此寶劍之精，當在豐城。掘之，果得二劍。

總評：

是詩用"求"韵，不出"求"字，或疑落句"投"字是"求"字之誤，然"願相求"不成語。又頷比"求自試"三字總出。豈題見於詩，不必另出作韵字耶？

御溝新柳

杜荀鶴

律到九重春，溝連柳色新。
細籠穿禁水，輕拂入朝人。
日近韶光早，天低聖澤勻。
谷鶯棲未穩，宮女畫難真❶。
楚國空搖浪，隋堤暗惹塵。
何如帝城裏，先得覆龍津①。

【注釋】

①【上尾】惹，爾者切，音喏，亂也，引者也。

【評解】

❶言畫眉也。

南至日太史登臺書雲物①

于尹躬

至日行時令，登臺約禮文。
官稱伯趙氏，色辨五方雲②。
晝漏聽初發，陽光望漸分。
司天爲歲備，持簡出人群❶。
惠愛周微物，生靈荷聖君。
長當有嘉瑞，郁郁復紛紛❷。

【注釋】

①【田】《左傳》：分至啓閉，日官必登觀臺望雲物，以察妖祥灾

變之氣。

②【田】少皞以鳥紀官,伯趙司至官也。

【評解】

❶ 對句得登臺意,大妙。

❷ 即將雲物一氣收結。

震爲蒼筤竹①

朱慶餘②

爲擢東方秀❶,蕭然異衆筠。
青葱纏映粉,蒙密正含春。
嫩籜霑微雨,幽根絶細塵。
乍憐分徑小,偏覺帶烟新。
結實皆留鳳,垂陰似庇人。
願爲竿在手,深水釣頳鱗③。

【注釋】

①【王】題出《説卦傳》。○【上眉】筤,音郎,陸佃云:蒼筤,幼竹也。語云"西家種竹,東家治地",言其滋引而生來也。竹引東南,震,東方,故"震爲蒼筤竹"。

② 韵不用題字。

③【上尾】筠,音云。籜,音托,草木皮葉墮地也。○【上行】頳,音蟶。

【評解】

❶ 題有"震爲"字,自當着眼,詩中祇點此三字,餘不一及,不可解。

賦得竹箭有筠①

李　程

常愛凌寒竹，堅貞可喻人。
能將先進禮，義與後凋鄰❶。
冉冉猶全節，青青尚有筠。
陶鈞二儀内，柯葉四時春。
待鳳花仍吐，停霜色更新❷。
方持不易操，對此欲觀身❸。

【注釋】

①【王】《禮》：器如竹箭之有筠也。

【評解】

❶ "義"字有誤，祇點《禮》一句，亦不可解。

❷ 不成話。

❸ 甚劣。

總評：

李程在貞元省試，已經放榜，無名。楊於陵携其所試《日五色賦》，責主文失眼，主文遂改擢第一。世所傳賦破有"德動天鑒，祥開日華"者是也。今此詩未知即其時所試與否。若果此詩，則何足第一？主文斥落，非失眼矣。試事翻覆，從來不足憑準，姑錄此，以當一慨。○是題所傳有三詩，總無可錄，特李作尤不足耳。

宣州試窗中列遠岫❶

白居易

天靜秋山好，窗開曉翠通。

遙憐峰窈窕,不隔竹蒙蘢。

萬點當虛室,千重疊遠空。

到櫩攢秀氣,緣隙助清風。

碧愛開簾後,明宜反照中。

宣城郡齋在,望與古時同①。

【注釋】

①【上眉】蘢,音龍,蒙蘢,蔽覆貌。窈窕,音杳調,幽静深遠也,同"宨窱"。櫩,音賢,步廊。相如《上林賦》:步櫩周流。反照,一作"卷幔"。幔,莫門切,去聲,帷幕也。

【評解】

❶【田】題出謝朓郡齋詩,故落句有"宣城郡齋在"句。

歸馬華山

白行簡

牧野功成後,周王戰馬閑。

驅馳休伏皁,飲齕任依山。

逐日朝仍去,追風暮自還①。

冰生疑隴阪,葉落似榆關。

蹀躞仙峰下,騰驤渭水灣。

幸逢偃武候,不復鼓鞞間②。

【注釋】

① 逐日、追風皆馬名。

②【上眉】齕,音合,齧也。驤,音湘,馬低昂騰躍也。鞞,音皮,騎上鼓也。蹀躞,音雪叠。皁,在早切,曹,上聲。馬閑,《漢書音

義》：食牛馬器，以木作，如槽。《方言》：梁、宋、齊、燕之間，謂櫪曰
皂。又俗謂黑色曰皂，同"皂"。

西戎獻馬

周　存

天馬從東道，皇威被遠戎。
來參八駿列，不假貳師功❶。
影別流沙路，嘶①流上苑風。
望雲時踠足，向月每開鬃。
地異才難敵，標奇志未同。
驅馳如見許，千里一朝通。

【注釋】

①【上眉】嘶，音西，馬聲。

【評解】

❶何等出色！〇【王】周穆王得八駿馬，漢李廣利爲貳師將軍，
取大宛馬。

河鯉[1]登龍門

元　稹

魚貫終何益，龍門在此登。
有成當作雨，無用恥爲鵬。
激浪誠難溯，雄心自可憑。
風雲潛會合，鬐鬣忽騰凌。

溟涬辭河濁，烟霄見海澄。

回瞻順流輩，誰敢望同升。①

【校記】

[1] 鯉，集作"魚"。

【注釋】

①【上眉】髻，音奇，馬項上鬛。鬛，音獵，馬領毛、魚龍頷旁小髻皆鬛。溟涬，音明悻。大水逆流而上曰溯。

李太尉重陽日得蘇屬國書①

白行簡

降虜意何如，窮荒九月初。

三秋異鄉節，一紙故人書❶。

對酒情無極，開緘思有餘。

感時空寂寞，懷舊幾踟蹰。

雁盡平沙迥，烟銷大漠虛②。

回頭向南望，掩泪對雙魚❷。

【注釋】

①《文選》有《李陵答蘇武書》，唐李周翰注曰：《漢書》曰："陵降後與蘇武相見匈奴中。及武歸，爲書與陵，令還漢。"今考《漢書》，無武與陵書事，而此題且有"重陽日得書"，不可解。唐人以小說家事命題，宜爲議貢舉者所薄視也。

②【上眉】迥，户頂切，音炯，寥遠也。漠，末各切，音漠，沙漠。

【評解】

❶ 純以氣調制題。

❷單用虛筆,不粘一字。

中和節詔賜公卿尺

裴　度

陽和行慶賜,尺度爲臣公[1]。
寵荷承佳節,傾心立大中。
短長思合製,遠近貴攸同。
共荷裁成德,將酬分寸功。
作程施有用,垂範播無窮。
願續延洪[2]壽,千春奉聖躬。①

【校記】

[1]一作"及群工"。

[2]一作"南山"。

【注釋】

①【上尾】度,音渡。分寸尺丈,引爲五度。

總評:

落句"延洪",世多不解。按《尚書·大誥》:天降割于我家,不少延洪,惟我幼冲人。《孔傳》以"不少"句,"延洪"又句,"惟我幼冲人"又句。《爾雅·釋詁》云:延,長也。洪,大也。古讀如此,自宋蔡沈注《尚書》以"不少延"句,"洪惟"連讀,遂至天壤之間,無此二字矣。此詩二字極不關係,然猶見三唐取士,亦有學問。即詩人如裴晉公未嘗不讀書,而此後遂絕響也。

《英華》及《詩類》本皆注云:"延洪"一作"南山"。此皆不解而妄思改者。"延洪"借尺所絜量,以寓祝頌,"南山"索然矣。

玉巵無當[1]

元　稹

共惜連城寶,翻爲無當巵。

詎慚君子貴,深訝拙工隳。

泛蟻功全少,如虹色不移。

可憐殊礫石,何計辨糟醨。

江海誠難滿,盤筵莫妄[2]施。

縱乖斟酌意,猶得奉光儀①。

【校記】

[1]【田】《韓子》"玉巵無當",注:當,底也。

[2]妄,一作"忘"。據落句轉合,宜是"忘"字。

【注釋】

①【上尾】礫,音力,小石。醨,薄酒。

府試水始冰

馬　戴①

南池寒色動,北陸歲陰生。

薄薄流漸聚,瀰瀰翠澂平。

暗霤霜稍厚,回照日還輕。

乳竇懸殘滴,湘流減恨聲。

那堪金井貯,會映玉壺清。

潔白心雖識,空期飲此明②。

【注釋】

① 不用題韵。

②【上眉】灘，同"漓"，水滲入地。又，淋漓，秋雨。

附王錫擬詩：

> 玄冥初用事，綠水始成冰。
> 薄似東風解，寒纏北陸凝。
> 潛魚游尚見，渴鳥啄難勝。
> 甫並菱花徹，微輸桂月澄。
> 凌陰渾未納，寢廟自旋升。
> 舉足常如履，何時不戰兢。

履春冰

張蕭遠

> 一步一愁新，輕輕恐陷人。
> 薄光全透日，殘色半銷春❶。
> 蟬想行時翼，魚驚蹋處鱗❷。
> 底虛難動足，岸闊怯回身。
> 豈暇躊躕久，寧容顧盼頻❸。
> 願將矜慎意，從此越通津①。

【注釋】

①【上尾】蹋，同"踏"。

【評解】

❶ 方是春冰。

❷中有"履"字。

❸此四句專做"履"字,反凑插矣。

總評：

是時同試惟舒元輿有詩名,然衹頸比"烏照微融水,狐聽或過人"十字頗佳,餘俱不稱,故不錄。

水精環

羅　維

王室符長慶,環中得水精。

任圜①循不極,見素質仍貞❶。

信是天然瑞,非因樸斫成。

無瑕勝玉美,至潔過冰清。

未肯齊珉價,寧同雜佩聲。

能銜任黃雀,亦欲應時明②。

【注釋】

①【上行】音圓。

②【上尾】珉,音民,《禮》:君子貴玉而賤珉。珉似玉而非。琢,治玉也,似通"斫"。

【評解】

❶二句頗生剏,上句言循圜而轉,不得盡也。

河南府試鄉飲酒①

呂　溫

酌言雖舊典,刘楚始登堂。

百拜賓儀盡，三終樂奏長。
來同鶯出谷，坐比雁成行。
禮罷知何適，隨雲入帝鄉。

【注釋】

① 官限四韵。○【田】此鄉飲酒即賓興也。說見前。

入翰林試太社觀獻捷①

白居易

淮海妖氛滅，乾坤喜氣通。
班師郊社內，操袂凱歌中。
廟[1]算無遺策，天兵不戰功。
小臣同鳥獸，率舞向皇風。

【校記】

[1]【上行】妙。

【注釋】

① 官限四韵，用"功"字。

賦得沉珠於淵①

獨孤綬②

至道歸淳朴，明珠被棄捐。
失真來照乘，成性却沉泉。
不是靈蛇吐，猶疑合浦旋。
岸傍隨日落，波底共星懸。

致遠終無脛,懷貪遂比肩。

欲知恭儉德,所寶在惟賢③。

【注釋】

　①舊本“淵”作“泉”,避唐諱也。○【王】虞舜沉珠五湖之淵。

　②此詩失題字,其中“沉泉”字,本是“沉淵”,以舉子臨文避廟諱耳。今刻本改題字,而文尚未改,觀者知之。

　③【王】靈蛇吐珠。漢合浦太守貪,珠盡徙去。孟嘗至,不貪,珠盡還。珠無脛而走。《旅獒》:所寶惟賢。○【上尾】脛,切形,去聲,脚脛。

賦得沉珠於淵

獨孤良器

皎潔澄泉水,熒煌照乘珠。

沉非將寶契,還與不貪符。

風折璿①成浪,空涵影似浮。

深看星併入,靜向月同孤。

光價憐時重,忘情信道樞。

不應無脛至,自爲暗□□[1]。

【校記】

　[1]整理者按:《文苑英華》卷一八六作“投殊”。

【注釋】

　①【上行】音旋。

禁中春松

陸　贄

陰陰清禁裏，蒼翠滿春松。
雨露恩偏近，陽和色更濃。
高枝分曉日，虛吹雜宵鐘。
嵐助爐烟遠，形疑蓋影重。
願符千載壽，不羨五株封①。
儻得迴天眷，全勝老碧峰。

【注釋】

①【王】秦始封泰山，遇雨休樹下，因封其松爲五大夫。按五大夫，秦官名，非五株松也，然詩句自不拘耳。

禁中春松

周　存

幾歲含貞節，青青紫禁中。
日華留偃蓋，麈尾轉春風①。
不爲繁霜改，憑將衆卉同❶。
千條攢翠色，百尺澹晴空。
影密金莖近，花明鳳沼通❷。
安知幽澗側，獨與散樗叢②。

【注釋】

①【王】《抱朴子》：天陵偃蓋之松。麈尾，舊本作“雉尾”，誤。

《廬山記》：石門北巖有松百樹，仰視如駢麈尾。

　　②【王】散樗，無用之木，見《莊子》。

【評解】

　　❶祇此二句是春松。

　　❷二句賦“禁中”，亦帶“春”字，以露與花非泛設。

立春日曉望三素雲①

李季何

> 靄靄青春曙，飛仙駕五雲。
> 浮輪初縹緲，承蓋下氳氲。
> 薄影隨風度，殊容向日分。
> 羽毛紛共遠，環珮杳還聞。
> 靜合烟霞色，遙將鸞鶴群。
> 年年瞻此御，應許從元君。

【注釋】

　　① 貞元十一年。○舊注：立春日，北望有雲，紫、緑、白爲三元君所駕之雲，名三素雲。

花發上林

崔　護

> 上苑春何早，繁花已滿林。
> 笑迎明主仗，香拂美人簪❶。
> 地接樓臺近，天垂雨露深。

晴光來舞[1]蝶,夕影動棲禽。
欲托凌雲勢,先開捧日心❷。
試看桃李樹,何處不成陰。

【校記】

[1]一作"戲"。

【評解】

❶"笑"亦指花,謂花發也。

❷此二句似他題而移凑于此者。

府試看開元皇帝東封圖

馬　異

儼若翠華舉,登封圖乍開。
冕旒明主立,冠劍侍臣陪❶。
迹類飛仙去,光同拜日來。
粉痕疑檢玉,黛色訝生苔。
挂壁雲將起,凌風仗若迴❷。
何年復東幸,魯叟望悠哉。

【評解】

❶酷似觀畫時指數之語。

❷賦得生動。

清明日賜百官新火

韓　濬

朱騎傳紅燭,天厨賜近臣。

火隨黃道見，烟繞白榆新。

榮曜分他日，恩光共此辰。

更調金鼎味，還暖玉堂人。

灼灼千門曉，煇煇萬井春。

應憐塵甑[1]客，瞻望獨無鄰。

【注釋】

[1]【上行】切增，去聲。

清明日賜百官新火

鄭　轅

改火清明候，優恩賜近臣。

漏殘丹禁曉，燧發白榆新❶。

瑞彩來雙闕，神光煥四鄰①。

氣回侯第暖，烟散帝城春。

利用調羹鼎，餘輝燭縉紳。

皇明如照隱，願及聚螢人❷。

【注釋】

①【田】四鄰係近臣，見《虞書》。

【評解】

❶四句全與韓同，而起鮮對仗。“漏殘”句無着，便相去懸遠。

○【田】春取榆柳之火，即鑽燧改火也。

❷後四句却勝韓作，結尤勝。

賦得宿烟含白露①

施肩吾

枡枡②有新意,微微曙色幽。

露含疏月静,光與曉烟浮❶。

迥野遥凝素,空林望已秋。

着霜寒未結❷,凝葉滴還流❸。

比玉偏能潔,如珠詎可收。

徘徊阡陌上,瞻顧一淹留。

【注釋】

　　① 官韵"幽"字。

　　② 音析。

【評解】

　　❶ 制題無頭緒,"烟""露"與"月"字雜出無理,且起亦大劣。

　　❷ 又雜出"霜"字。

　　❸ 五字足傳矣。

附舊作:

湛湛籠烟滴,霏霏墜露涵。

清光隨練合,白影散珠含。

夜氣蒙瀟瀯,山滋夾彩嵐。

長林迷警鶴,隔葉卧冰蠶。

望去思原上,行多畏召南。

朝陽旋欲起,瑞霭莫忘探。

山出雲①

張　復

山静雲初吐，霏微觸石新❶。

無心離碧岫，有意占青春。

散類如虹氣，輕同不讓塵❷。

凌空還似翼，映澗欲成鱗❸。

異起臨汾鼎，凝隨出峽神❹。

爲霖終濟旱，非獨降賢人❺。

【注釋】

①官韵"春"字。

【評解】

❶【王】《公羊傳》：泰山之雲，觸石而起。

❷【田】泰山不讓纖塵。

❸【王】《莊子》：鵬翼若垂天之雲。《呂覽》：水雲魚鱗。

❹【田】漢武祠汾陰寶鼎，有黃雲覆其上。巫峽神，即陽臺雲也。

❺【王】《説命》：若歲大旱，用汝作霖雨。

山出雲

李　紳

杳靄祥雲起，飀飀翠岫新。

縈峰開石秀，吐葉間松春❶。

林静翻空少，山明度嶺頻。

迴崖時掩鶴,過澗或隨人。

姑射①朝凝雪②,陽臺晚作神。

悠悠九霄上,應坐玉京賓。

【注釋】

　①【上行】射,音夜。

　②【田】藐姑射仙子,肌如冰雪。

【評解】

　❶【田】縈峰、吐葉皆雲氣。

賦得天際識歸舟

薛　能

斜日滿江樓,江天無盡[1]流❶。

同人在何處,遠目認孤舟。

帆省當時席,歌聞舊日謳❷。

人從津濟晚,櫂泛沆寥秋。

情闊冀全見,歸遲怪久游❸。

離居易無限,貪此望難休。

【校記】

　[1]無盡,一作"萬古",誤。

【評解】

　❶中有"際"字。

　❷謂榜歌也。

　❸兩句寫如許意,曲折心苦。

謝真人仙駕過舊山①

范傳正

麾蓋來仙府,笙歌入舊山。
水流丹竈缺,風起草堂關。
白鹿行爲衛,青鸞舞自閑。
種松鱗未老,移石蘚仍班[1]。
望路烟雲外,回輿嶺岫間❶。
笑他遼海上,空見羽衣還②。

【校記】

[1]【上校】斑。

【注釋】

①【田】仙經有謝仲初真人得道還山事。

②【田】隱用丁令威化鶴事。

【評解】

❶【上行】二句是"過"。

貢院樓北新栽小松

李正封

青蒼初得地,華省植來新。
尚帶山中色,猶含洞裏春。
近樓依北戶,隱砌净游塵。
鶴壽應成蓋,龍形未有鱗。

　　　　爲梁資大廈，封爵耻嬴秦。
　　　　幸此觀光日，清風屢得親。

貢院樓北新栽小松

錢衆仲

　　　　愛此凌霄幹，移來獨占春。
　　　　貞心初得地，勁節始依人。
　　　　晚月烟猶落，當軒色轉新。
　　　　枝低無宿羽，葉凈不留塵。
　　　　每與芝蘭近，常慚雨露勻。
　　　　幸因逢顧盼，生植及茲辰。

賦得白雲向空盡

焦　郁

　　　　白雲生遠岫，摇曳入晴空。
　　　　乘化隨舒卷，無心任始終。
　　　　欲銷仍帶日，將斷不因風[1]。
　　　　勢薄飛難見，天高色易窮。
　　　　影收元氣表，光滅太虛中❶。
　　　　儻若從龍去，還施潤物功。

【校記】

　　[1] 不，一作“或”。

【評解】

　　❶ 六語刻劃殆盡，亦試帖有數之作。

唐人試帖卷四

京兆試天門街西觀榮王娶妃

張光朝

仙媛①來朱邸，名王出紫微。
三周初展義，百兩遂言歸❶。
鄭國通梁苑，天津接帝畿。
橋成烏鵲助，蓋轉鳳凰飛。
霜仗迎秋色，星釭②滿夜輝❷。
從茲磐石固，應爲得賢妃③。

【注釋】

①【上行】于眷切。

②【上行】音江。

③【上眉】磐，音盤，大石也。《荀子》：國安于磐石。

【評解】

❶【王】《禮》：親迎御輪三周。《詩》：百兩御之。

❷秋色，謂娶妃時也。

京兆試天門街西觀榮王娶妃

梁　鉉

帝子乘龍夜，三星照户前①。
兩行宮出火，十里道鋪筵❶。

羅綺明中識,簫韶暗裏傳❷。

燈攢九華扇,帳撒五銖錢❸。

交頸文鴛合,和鳴彩鳳連。

欲知來日美,雙拜紫微天。

【注釋】

①【王】漢、晉以女得佳婿爲乘龍。《詩》:三星在户。

【評解】

❶ 當時實境。

❷ 二句有"觀"字。

❸ 始知撒帳在前皆有之。○【王】曹植《九華扇賦》:漢高后六年,行五銖錢。

河出榮光①

失　名

符命自陶唐,吾君應會昌。

千年清德水,九折滿榮光②。

極岸浮佳氣,微波照夕陽。

澄輝明貝闕,散彩入龍堂③。

近帶關雲紫,遙連日道黄④。

馮夷矜海若,漢武貴宣房⑤。

漸没孤槎影,仍分一葦杭⑥。

撫躬悲未濟,何處誦平康。

【注釋】

① 官限八韵。○【王】《尚書·中候》曰:榮光出河,休氣四塞。

②【王】《史記》:秦獲水德之瑞,更名河水曰德水。《拾遺記》:黃河千年一清。《淮南子》:河水九折。

③【田】貝闕、龍堂皆水神所居,見《楚辭》。

④【田】函關紫氣,河所經地,"日道"喻河色,總賦"榮光"也。

⑤"貴"字疑誤。○【王】漢武治決河,築宣房宮。

⑥【王】孤槎、一葦,皆河中事。

東郊迎春①

皇甫冉

曉見蒼龍駕,東郊春已迎。

彩雲天仗合,玄象泰階平。

佳氣山川秀,和風政令行。

鈎陳霜騎肅,御道雨師清。

律向韶陽變,人隨草木榮。

遙瞻上林苑,今日遇遷鶯❶。

【注釋】

① 前有《迎春東郊》題,官限八韵,與此不同。

【評解】

❶【王】《月令》:駕蒼龍。《韓子》:雨師灑道。

賦得春從何處來

冷朝陽

玉律傳佳節,青陽應北辰。

土牛呈歲稔,彩燕表年春。

臘盡星回次，寒餘月建寅。
風光行處好，雲物望中新。
流水初銷凍，潛魚甫振鱗。
欲知韶景至，須問日邊人。

白雲起封中①

吕 温

封開白雲起，漢帝坐齋宮。
望在泥金上，疑生秘玉中。
攢柯初繚繞，布葉漸朦朧。
日觀祥光合，天門瑞氣通②。
無心還出岫，有勢欲凌風。
儻遣成膏澤，從茲傍太空。

【注釋】

①【田】漢武東封泰山，有白雲起封中。

②【田】"攢柯""布葉"，總言雲氣。"日觀""天門"，泰山上地名。

總評：

詩已及格，惜不曾賦"白"字。張南士嘗曰："何不云'日觀珠光合，天門練影通'？"時聞者皆鼓掌稱善。始知詩境本無盡也。"練影"用孔子登泰山望吳門匹練事，甚合。

京兆府試目極千里

劉得仁

獻賦多年客，低眉恨且千①。

此心常極矣,縱目忽超然❶。
送驥登長路,看鴻入遠天。
古墟烟羃羃,窮野草綿綿。
樹與金城接,山疑桂水連❷。
如何當霽日,無物翳平川②❸。

【注釋】

①題出宋玉《招魂》篇,獻賦指宋玉,非自謂也。第以"低眉"起"目"字,反過巧耳。

②【上尾】羃,音覓。

【評解】

❶"極""目"二字分出變體,且以文句行詩,與題不合。

❷開寫"千里"。

❸借言主司明也。

制試賦得春風扇微和①

公乘億

麗日催遲景,和風扇早春。
暖浮丹鳳闕,韶媚黑龍津。
澹蕩迎仙仗,霏微送畫輪。
綠搖官柳散,紅待禁花新。
舞席皆迴雪❶,歌筵暗送塵。
幸當陽律候,延賞共佳辰。

【注釋】

①舊注云:此咸通中弘詞科題也。○此名制科進士,今以禮部

試稱制科,非是。

【評解】

　　❶【上行】內有"扇"字。

原隰荑綠柳 ①

溫庭筠

　　迴野韶光早,晴川柳滿堤。
　　拂塵生嫩綠,披雪見柔荑。
　　碧玉芽猶短,黃金縷未齊。
　　腰支弄寒吹,眉意入春閨。
　　預恐狂夫折,迎牽逸客迷❶。
　　新鶯將出谷,應借一枝棲②。

【注釋】

　　①【上尾】荑,音題,茅之始生者。又音夷,荑荑。
　　②【上尾】支,古即"肢"字。

【評解】

　　❶滯拙不成句。一作"送客衣",又失韵,非是。

省試內出白鹿宣示百官❶

黃滔

　　上瑞何曾乏❷,毛群表色難。
　　推于五靈少,宣示百寮觀。
　　形奪場駒潔,光交月兔寒。

已馴瑶草別,孤立雪花團。

戴豸慚端士,抽毫躍史官。

貴臣歌詠日,皆作白麟看。

【評解】

❶舊注:乾寧二年。

❷【上眉】獬豸,音蟹稚,似鹿一角,一名神羊,能別曲直。皋繇治獄,其罪疑者令觸之。故法冠謂之獬豸冠。

省試奉詔漲曲江池①

黄　滔

地脉寒來淺,恩波住後新。

引將諸派水,別貯大都春。

幽咽疏通處,清泠迸入辰❶。

漸平連杏岸,旋閣映樓[1]津。

沙没迷行徑,洲寬恣躍鱗。

願當舟楫便,一附濟川人。

【校記】

[1]一作“梅”。

【注釋】

①舊注:官韵“春”字。乾符二年。○漲,引使滿也。

一本無“省試”字,且云“詔”字當是“試”字之誤。按,唐制登進士後又有試,名奉試,前崔曙、荆冬倩,皆有奉試題是也。且此試不用題韵,似特試者。況“省試”二字,亦決有誤。按,此題注“乾符二年”,在僖宗朝,而前有《内出白鹿》題,亦黄滔作,注“乾寧二

年”,在昭宗朝。則自乾符至乾寧約二十餘年,未有乾符既中省試
而復赴乾寧省試者也。此必有一試係制試或奉試,而題誤注作
“省”字耳。然不可考矣。

【評解】

❶ 實賦“漲”字。

省試奉詔漲曲江池

鄭　谷①

王澤尚通津,恩波此日新。
深宜一夜雨,遠似五湖春。
泛灧翹振鷺,澄清躍紫鱗。
翠低孤嶼柳,香汩半汀蘋❶。
鳳輦尋佳境,龍舟命近臣。
桂華如入手,願作從游人②。

【注釋】

① 舊注:乾符丙申歲春。

②【上尾】嶼,音序,水中山。汩,音骨,没也。

【評解】

❶ 柳以漲“低”,蘋以漲“汩”,刻劃極矣。

京兆府試殘月如新月

鄭　谷

榮落誰相似,初終却一般❶。

猶疑和夕照，誰信墮朝寒❷。

水國輝華別，詩家比象難。

家[1]人應誤拜，棲鳥反求安❸。

屈指期輪滿，何心謂影殘❹。

庾樓忻賞處，吟徹曙鐘看。

【校記】

[1]【上眉】佳。

【評解】

❶ 不用題一字，而"新""殘"字、"如"字俱見，此破意之法。

❷ 承更無迹，"新""殘"以"朝""夕"分見。

❸ 此爲警語。

❹ 仍是寫意，"屈指""何心"對妙。

附作：

在羈旅時讀此作，規仿一首，雖用"殘"韻，而不出"殘"字，以非試帖，可佚格也。詩並錄：

仄景連晨發，幽光類夜闌。

女驚妝罷拜，人似醉歸看。

難唱重樓坿，鳥飛尚繞竿。

升階宵讀永，出渚曙吟寒。

鈞曲懸相比，弦虛上轉難。

羈人無早暮，一樣凭欄杆。

帖經日試宮池產瑞蓮①

王貞白

雨露及萬物，嘉祥有瑞蓮。

香飄雞樹近，榮占鳳池先。

聖日臨雙麗，恩波照並妍。

願同指佞草，生向帝堯前❶。

【注釋】

① 官限四韵。○【王】唐制：明經加帖括，間有于是日兼試詩賦，名帖經日試。○【田】蓮並蒂，名瑞蓮。

【評解】

❶【王】《唐史》：則天封嵩山，壇南有大櫟樹，赦日置金雞其杪，賜號金雞樹。指佞草，即屈軼也。

廣州試越臺懷古

失　名

南越千年事，興懷一旦來。

歌鐘非舊俗，烟月有層臺。

北望人何在，東流水不回。

吹窗風雜瘴，沾檻雨經梅。

壯氣曾難揖，空名信可哀。

不堪登覽處，花落與花開❶。

【評解】

❶ 結不露干請意，祇自傷沉滯，亦是一法。

附作：

附山陰魯國書作。○國書字緗城，其尊人爲粤東行省，因登越臺有詩：

> 數戰留番郡，三春上越臺。
>
> 羊乘五仙去，騅跨陸郎來。
>
> 甌駱緣關險，樓船傍海回。
>
> 香飛日南樹，書寄嶺頭梅。
>
> 匯水通何在，貪泉閟不開。
>
> 木棉花發處，懷古興悠哉①。

【注釋】

　　①【上尾】甌，音謳。西甌，越別種。東甌，閩中地。又小盆，今俗謂盆，深者爲甌。匯，呼委切，灰，上聲，水四合也。閟，音秘，閉也。

賦得風不鳴條

盧　肇

> 習習和風至，柔條詎自鳴。
>
> 暗通青律起，遠望綠[1]蘋生。
>
> 拂樹花仍發，經林鳥不驚。
>
> 幾牽蘿影動，潛惹柳烟輕❶。
>
> 入谷迷松響，開窗失竹聲。
>
> 風雷交感後，應識昊天情❷。

【校記】

　　[1] 綠，一作“白”，誤。風生於青蘋之末。

【評解】

　　❶ 以“影”與“烟”起“條”字。

❷ 題本周公事,此以補題兼頌法。○【田】《金縢》:天大雷電以風,彰周公之德。《鹽鐵論》:周公太平之時,風不鳴條。

賦得風不鳴條

舒元輿

五緯起祥飆,無聲識聖朝。
稍開含露蕊,纔轉惹烟條。
密葉應潛長,低枝且暗搖。
林間鶯自轉,花下蝶微飄。
但偃緣堤草,能扶出水苗❶。
太平無一事,天外奏虞韶。

【評解】

❶ 此可稱無聲之詩,工于繪聲者也。

監試夜雨滴空階

喻鳧

霎霎復淒淒,飄松又灑槐❶。
氣濛蛛網室,聲疊蘚花階❷。
古壁青燈暗,深庭濕葉埋。
穩垂舊鴛瓦,疑歷小茅齋。
冷與陰蟲間,清將玉漏偕❸。
病身惟展轉,誰見此時懷①❹。

【注釋】

① 【上尾】濛,音蒙。浡濛,細雨。

【評解】

❶首句"淒"字用嫌韻,唐人早有此法。〇今韻九佳無"槐"字,係宋禮部韻刪去者。

❷【上夾】四句完題。

❸切"夜"。

❹結無丐態,甚佳,特詞稍未俊耳。

襄州試白雲歸帝鄉

黄　滔

杳杳復霏霏,應緣有所依。
不言天路遠,終望帝鄉歸。
高嶽和霜過,遙關帶月飛❶。
漸憐雙闕近,寧恨眾山違❷。
陣觸銀河亂,光連粉署微。
旅人隨計日,自笑比麻衣❸。

【評解】

❶有"白"字。

❷有"歸"字。

❸轉、結俱有關合。〇【王】唐制:試士服麻衣。隨計,即偕計也。

緱山月夜聞王子晉吹笙①

鍾　輅

月滿緱山夜,風傳子晉笙❶。
初聞盈谷遠,漸聽入雲清。

杳異人間曲,遙分鶴上情❷。

孤鸞驚欲舞,萬籟寂無聲❸。

此夕留烟駕,何時返玉京。

惟愁音響絕,曉色出都城❹。

【注釋】

①【田】周靈王太子晉好吹笙,後於緱氏山頭乘鶴謝時人上升。

【評解】

❶【上行】完題。

❷ 鶴上,即子晉也。

❸ 以“無聲”反見“聞笙”,且合“夜”字,神來之句。

❹ 二句以仙駕去留,將月夜聞笙反結出落第時景,可謂奇絕。

○【田】緱山在東都。

緱山月夜聞王子晉吹笙

厲　玄

緱山明月夜,岑寂隔塵氛。

紫府參差曲,清宵次第聞。

韵流多入洞,聲度半和雲。

拂竹鸞驚侶,經松鶴舞群❶。

蟾光聽處合,仙路望中分❷。

坐惜千嵓曙①,遺音過汝濆❸。

【注釋】

①【上行】嵓,同“嵒”。

【評解】

❶ 以子晉亦有鸞、鶴也。

❷ 重以月夜、緱山作開句。

❸【田】汝水亦在東都。

省試春草碧色①

殷文珪

細草含愁碧，芊綿南浦濱。

萋萋如恨別，苒苒共傷春。

疏雨烟華潤，斜陽細彩勻。

花黏繁鬥錦，人藉軟勝茵。

淺映宮池水，輕翻輦路塵。

杜回如可結，誓作報恩身②❶。

【注釋】

① 光化戊午年。

②【上尾】苒苒，草盛貌。黏，音年，同"粘"。

【評解】

❶【田】杜回結草，事見《左傳》。

省試春草碧色

王叡

習習東風扇，萋萋草色新。

淺深千里碧，高下一時春。

嫩葉舒烟際，輕陰動水濱❶。

金塘明夕照,輦路惹芳塵。
造化功何廣,陽和力自均。
今當發生日,□□[1]祝良辰。

【校記】

[1] 整理者按:《文苑英華》卷一八八作"瀝懇"。

【評解】

❶"烟"與"水"稍關"碧"字。

附作:

是年光化戊午,放榜後,以試帖示鄭谷,谷微嫌未足,亦賦此題,極其刻劃,較之試帖,真天凡之隔矣。今併錄此:

萇弘血染新①,含露滿江濱。
想得尋花徑,應迷拾翠人。
窗紗橫映砌,袍袖半遮茵②。
天借新晴色,雲饒落日春。
嵐光垂處合,眉黛看時嚬③。
願與仙桃比,無令惹路塵。

【注釋】

①【王】周殺萇弘,血化爲碧。
② 青草似春袍,與殷作單拈"軟茵"不同。
③ 賦寫至此,幾于泣鬼神矣。詩思必如是,始稱獨絕。

空梁落燕泥①

顧　況

卷幕參差燕,常銜濁水泥。

爲黏珠履迹，未等畫梁齊❶。

舊點痕猶淺，新巢緝尚低❷。

不緣頻上落，那得此飛棲❸。

【注釋】

① 官限四韵。

【評解】

❶ 句未明，且"等""齊"雜見，不妥。

❷ 上句最佳，下句索然矣。

❸ 二句疑有誤。

附作：

往與張南士寓汝南蔣亭，讀此作未愜，因各拈一句，遂成六韵，今附録後：

翠幕辭春燕，張杉 雕梁墜宿泥。

磚花長不埽，予 文杏舊曾棲。

草腐懸絲細，杉 塵街剩點迷。

墮看銀豆碎，予 行污繡裙低。

故國盧家女，杉 空房竇氏妻。

雙飛何日返，予 夫婿在遼西。杉

月照冰池

葉季良

霽日雲初斂，樓娥月未虧。

圓花生碧海，素色滿瑤池。

天迴輪空見，波凝影詎窺。

浮霜玉比彩，照像鏡同規。

皎潔寒偏静，徘徊夜轉宜。

誰憐幽境在，長與賞心違。

月照冰池

李商隱①

皓月方離海，堅冰正滿池。

金波雙激射，璧彩對參差❶。

影占徘徊處，光含的皪時。

高低連素色，上下接清規。

顧兔飛難定，潛魚躍未期。

鵲驚俱欲繞，狐聽始無疑❷。

似鏡將盈手，如霜恐透肌。

獨憐游玩意，達曉不知疲。

【注釋】

　　① 八韵。

【評解】

　　❶ "金波""璧彩"皆指月光。然與璧池、水波兩合，故佳。
○【王】謝朓詩：金波麗鳷鵲。

　　❷ 鵲欲繞冰，狐不疑月，可謂良工心苦。惜四句俱有禽蟲名
耳。○【王】《楚詞》：顧兔在腹。《述征記》：狐善疑，欲渡河冰，先
聽無水聲而後過。

郎官上應列宿①

公乘億

北極佇文昌，南宮早拜郎。

紫泥乘帝澤，銀印佩天光❶。

緯結三台側，鈎連四輔傍。

佐商依傅説，仕漢笑馮唐❷。

委佩搖秋色，峨冠帶晚霜。

自然符列象，千古耀巖廊。

【注釋】

　①【田】漢明帝時，館陶公主爲其子求郎，不許。曰："郎官上應列宿，出宰百里。"

【評解】

　❶ 絶不似制題，但以清壯之氣行之，此三昧法也。

　❷ 關合甚密，而仍是大雅。〇【田】魁下六星，曰三台、杓，北極四星曰四輔。商臣傅説騎箕尾入相。馮唐孝文時爲郎，及武帝再舉，老矣。

　總評：

　此詩儘佳，祗後比用"秋""霜"字不可解。豈是時以主司權輕，借臺省知雜以呵護之，故假霜威寓干請耶？

賦得濁水求珠

王損之

積水非無澈，明珠不易求。
依俙沉極浦，想像在中流。
瞪目思清淺[1]，褰裳悔暗投。
徒看川色媚，空愛夜光浮。
月入疑龍吐，星歸似蚌游。
終希識珍者，採掇在冥搜①❶。

【校記】

[1]"淺"字有誤。

【注釋】

①【上尾】澈，直列切，音轍，水澄清也。俙，音希，依俙、仿佛也。褰，音牽。蚌，步項切，音棒，蛤屬。瞪，除庚切，音棖，直視貌。又音鄭，義同。

【評解】

❶恰，合。

賦得濁水求珠

項　斯

靈魄自沉浮，由來任濁流。
願從深處得，不向暗中投。
圓月時堪惜，滄波路可求。

沙尋龍窟遠,泥訪蚌津幽。

是寶終知貴,惟恩且用酬。

如能在公掌,端不負明眸。

華州試月中桂

張　喬

與月轉洪濛,扶疏萬古同。

根非生下土,葉不墜秋風。

結蘂圓時足①,低枝缺處空。

影超群木外,香滿一輪中。

未種丹霄日,應虛白兔宮。

如何同片玉,散植在堂東❶。

【注釋】

　　①【上眉】扶疏,枝葉盛也。蘂,音罪,花心鬚也。花外曰蕚,花内曰蘂,與蕊同,蕋、蘂,均同上,俗字。

【評解】

　　❶【王】晉武于東堂送郗詵,詵曰:"臣對策第一,猶桂林一枝,崑山片玉。"○【上尾】詵,音新。

總評:

　　往避人在天衣寺中,秋日與張南士擬此題,各未成。及讀是詩,至"結蘂"四句,遽輟筆曰:何物神功,乃至于此?

笙磬同音

李　益

笙磬同何處，淒鏘宛在東①。

激揚音自徹，高下曲宜同。

歷歷俱盈耳，盈盈遞散空。

獸同繁奏舞，人感至和通。

詎間洪纖韵，能齊搏拊功。

四懸今盡美，一聽辨移風。

【注釋】

①【王】《周禮》注：在東方曰笙磬。

附王錫擬詩：

已擊湘陰磬❶，還吹洛浦笙。

克諧無奪次❷，從律有同聲。

拊石獸咸舞，調簧鳳忽鳴。

分聽殊辨會❸，合奏自和平。

白玉管音細❹，浮金懸響清。

洪纖齊應節，協氣感神明。

【評解】

❶【上行】分破。

❷【上行】總承二句，合。

❸【上行】合。

❹【上行】分。

風　箏

鮑　溶

何響與天通,瑤箏挂望中。
張弦難按指,操縵喜當風①。
雁柱虛連勢,鸞歌且墜空。
夜和霜擊磬,晴引鳳歸桐。
幽咽誰生怨,清泠自匪躬。
秦姬收寶匣,搔首不成功。

【注釋】

①【上眉】縵,去聲,莫半切,琴瑟之弦也。《學記》:不學操縵。

西戎即叙①

失　名

懸首藁街中,天兵破犬戎②。
營收低隴月,旗偃度湟風③。
肅殺三邊勁,蕭條萬里空。
元戎咸服罪,餘孽盡輸忠。
聖理符軒化,仁恩契禹功。
降逾洞庭險,梟擬郅支窮④。
已報軍容捷,還資廟算通。
今朝觀即叙,非與獻馘同⑤。

【注釋】

① 官限八韻。

②【王】藁街,蠻夷所邸,故每以戎首懸其處。《書傳》:文王伐犬夷,即西戎地。

③【王】隴山、湟水,皆西戎地。〇【上眉】藁,苦老切,音考。湟,音黃。

④【王】三苗,左彭蠡,右洞庭,七旬來格。漢陳湯斬郅支首,懸藁街。梟者,懸首之名。

⑤《尚書》:西旅貢獒。此結西戎,故云。

明月照高樓

黃　頗

月滿長空朗,樓侵碧落橫。
波文流藻井,桂魄拂雕楹。
深鑒羅紈薄,寒搜戶牖清。
冰鋪梁燕噤①,霜覆瓦松傾。
卓午收全影,斜懸轉半明❶。
佳人當此夕,多少別離情。

【注釋】

①【上尾】噤,音禁,又切琴,上聲,義同。

【評解】

❶ 六句精刻之極。

賦得秋菊有佳色①

公乘億

陶令籬邊菊，秋來色更佳。

翠攢千片葉，金翦一枝花。

蕊逐蜂鬚亂，英隨蝶翅斜。

帶香飄綠綺，和酒上烏紗。

散漫搖霜彩，嬌妍漏日華。

芳菲彭澤見，稱更[1]在誰家。❶

【校記】

[1] 字有誤。

【注釋】

① 唐韵"佳"字，九佳、六麻俱有之。今韵麻部無"佳"字，此宋禮部韵所删，非唐韵也。

附作：

予避人淮安，張吏部九日宴雲起閣，分賦，錄後：

九日東籬菊，三秋色自佳。

金英開蕊屋，雨露滴花階。

細碧攢幽幹，圓黃挂采牌。

白衣慚把袖，青女笑留釵。

味泛龍山酒，香盈彭澤懷。

今朝良燕會，燦燦在高齋。

龍池春草

李　洞

龍池清禁裏，芳草傍池春。
旋長方遮岸，全生不染塵。
和風輕動色，湛露靜流津。
淺得承天步，深疑繞御輪。
魚尋倒影沒，花帶濕光新❶。
肯學長河畔，綿綿思遠人①。

【注釋】

①【田】《古詩》：青青河畔草，綿綿思遠道。

【評解】

❶魚尋草影，花帶水光，十字生劌之極。

附王錫作：

腐草爲螢

流螢緣草化，朽腐幻神奇。
埋沒應多日，飛揚忽有時。
春芳消露洗，夜火受風吹。
叢亂雨三徑，影迷星滿池。
襯花眠處早，開卷照來遲。
素抱光明質，從前若個知①。

【注釋】

① 此用題韻不用題字，與試帖不同。

　　唐有應試、應制二體,特應制無專本。且其體有七律、長律,但即事而不命題,與應試稍異。若其賦詩之法,則無不一轍。考應制與制科不同,無去取甲乙。獨中宗景龍三年正月晦日,上幸昆明池賦詩。時朝臣應制百餘篇,上令帳殿前結彩樓,命上官昭容選一首,爲新翻御製曲。從臣悉集樓下,須臾紙落如飛,各認其名而懷之。既退,惟沈佺期、宋之問二詩不下。又移時,一紙飛墜,競取觀,乃沈詩也。及聞其評曰:二詩工力悉敵,但沈落句云“微臣凋朽質,羞睹豫章材”,詞氣已竭,不如宋詩云“不愁明月盡,自有夜珠來”,猶陟健舉。沈乃服,不敢爭。今按兩詩,沈于晦日,惟頷比“雙星遺漢石,孤月隱殘灰”二句是晦日與昆池合賦,而他並不及。宋于頸比既有“節晦蓂全落”矣,此復顧“晦日”一句,與昆池、夜珠兩相照合,則仍是應試顧題之法。昭容取之有以也。特此雖與制科異,而甲乙去取,不異放榜,則雖謂之制科亦得耳。

　　七律作法與試律無異。憶丙午年避人在湖西,長至夜飲施愚山使君官舍。愚山偶論王維、岑參、杜甫和賈至早朝詩,惟杜甫無法,坐客怫然。予解曰:徐之往有客亦主此説,予責其或過,客曰:不然,律法極細,吾第論其粗者。律,律也。既題“早朝”,則“雞鳴”“曉鐘”“衣冠”“閶闔”,律法如是矣。王維歉于岑參者,岑能以“花迎”“柳拂”“陽春一曲”,補舍人原唱“春色”二字,則王稍減耳。其他則無不同者。何則?律故也。杜即不然。王母“仙桃”,非朝事也;堂成而燕雀賀,非朝時境也;“五夜”便“日暖”耶?舛也。且“日暖”,非早時也。若夫“旌旗”之“動”,“宮殿”之“高”,未嘗朝者也。曰“朝罷”,亂也。“詩成”與早朝半四句,乏主客也。如是,非律矣。予時無以應,然則愚山之論,此豈過耶?愚山大喜,遂書其説以作記。見《愚山集》。❶

【評解】

❶按,元仁宗延祐二年,始倡爲《四書》經取士之法,限三年八月鄉試,二月會試,皆三場。首場《四書》二經,一二場詔、誥、賦、表,内科一道,三場時務策一道。其《四書》用朱熹《章句集注》,而斷以己意,限三百字。是今取士法,實倡于元之中葉,而世並昧所始也。相傳元天曆間,有子曰破題用韓愈碑"匹夫而爲百世師,一言而爲天下法",以爲絶調。元詞每始事佳者皆云"破題兒"以此。然則八比之降爲文,實延祐所爲,其文已滅沬不可考矣。若夫八比之始于詩,則唐詩具在,盍亦徐取而觀之? 仁和李庚星白山氏識。

唐七津選

序

前此入史館時，值長安詞客高談宋詩之際。宣城侍讀施君與揚州汪主事論詩不合，自選唐人長句律一百首，以示指趨。題曰"館選"，其祇選長句律者，以時尚長句也。其曰"館選"者，以明代論詩尊主事而薄館翰，故特標舉之，以雪其事也。既而侍讀死，其手寫選本，同邑高檢討受而藏之，增入百餘首，仍曰"館選"。當是時，同館諸官有爭先爲宋詩者。檢討嘗曰："侍讀作館選，非館閣也。貧不能受邸，假宣城會館而翹居之。會館所選，其敢借館閣爲昭文地哉？"

康熙廿五年，予請急南歸，將選古今文作《還町雜録》。檢討瀕行，寫一本授予曰："此侍讀志也。"其逮今已十六年矣。予歸，懼年促經術未立，日研經不暇，即古今文録亦棄置不復道。客有請問以詩者，悉謝之，恐後。然而世尚遷變，向之舍唐而爲宋、爲南渡者，今復改而爲元、爲初明。

會予方老去，作《春秋傳》畢，意敗力歇，不能事經學。客堂同志重有以詩謅請者。予謂詩本小文，其得失升降亦何足關繫？且夫沿變所時有也。漢魏無《三百》，晉後六代無漢魏樂詞，唐人無六代俳比古詩，而欲今之爲詩者，必墨守三唐以爲金科，一何不達！夫事有由始，詩律始于唐而流于宋、元，則循流溯源，將必選唐律以定指趨，誠亦無過。而特是隨時遷轉，勢所必至。春之不能不夏，猶之初、盛之不能不中、晚，三唐之不能不宋、元、明也。今但就其隨流者而自爲砥，止減高髻爲五寸，而恢螺赢之細腰，而易以杵把，則後人抖擻，未必不可駕前人之轍，而委勢隨下，焉能自振？

嘗校唐七律，原有升降，其在神、景，大抵鋪練嚴謐，偶儷精切，而開、寶以後，即故爲壯浪跳擲，每擺脱拘管以變之。然而聲勢虚擴，或所不免。因之上元、大曆之際，更爲修染之習，改鉅爲細，改廓爲瘠，改豪蕩而爲瑣屑。而元和、長慶則又去彼飾結，易以通悦，却壇坫揖遜而轉爲里巷俳諧之態，雖吟寫性情、流連光景，三唐並同，而其形橅之不齊，有如是也。是以宋襲長慶，元襲大曆，嘉、隆襲開、寶，皆欲遞反舊習，而自趨流弊，翻就污下。彼不讀書者，每稱吾爲宋、元，不爲三唐，則蘇、陸、虞、趙、高、楊、張、徐原深論唐詩，極爲趨步，其言不足道，而即矯枉之徒，必欲張元、白以表宋、元，揚王、杜以祖何、李，皆不必然之事也。

　　夫團扇之擯，以時器也；松筠之不壞，以不與物候相轉環也。昔有擇嫁者，西家富東家貧，然而西家美婿也。問女何擇，則曰：吾願東家食而西家宿。是以夏、商不同治，而講治道者則必曰：夏取其時，商取其輅。今三唐諸律，亦何一不可取擇？葈苓固足藥，而牛溲、馬浡，古人嘗用以和劑。世之不自爲詩者，襲其形橅，則遷流不一；而苟自爲詩，則性情光景，由神龍以至天裕，皆通觀也。因就侍讀所選本而大爲增損，約録若干首，去"館選"之名，而題之曰"選"。既不必與主事校，而同館出入，并無得失。侍讀、檢討抑亦可以自慰矣。初擬倩同輯者作釋事，注于行間，而既以卷促，且亦本明了，無事多贅，觀者諒之。

康熙四十一年蕭山毛奇齡秋晴氏

唐七律選卷一

杜審言

大 酺

昆陵震澤九州通，士女歡娛萬國同❶。
伐鼓撞鐘驚海內，新粧袨服照江東❷。
梅花落處疑殘雪，楊葉開時任好風❸。
火德雲官逢道泰，天長地久屬年豐。

【評解】

❶ 拈題無迹。唐賜大酺，令各道皆得聚飲，作伎樂，故云。

❷ 承得闊達。

❸ 抑何妍也。

總評：

此七律正體也。八句皆對仗，每句前四字皆礬實，每五、六律
腹必倍加研練，此三唐一法也，降此漸變矣。〇前四字礬實，三唐
皆有之，即中晚後極尚子薄，猶有劉禹錫"楚關蘄水"、白居易"銀臺
金闕"類，若五、六研練，則通首至此一弛散，便恍恍矣。觀崔顥《黃
鶴樓》通首全不對，而五、六必對，此易曉耳。

趙彦昭

幸安樂公主山莊景龍三年八月三日奉和聖製

六龍齊軫御朝曦，雙鷁維舟下綠池。
飛觀仰看雲外聳，浮橋直見海中移。
靈泉巧鑿天孫渚，孝筍能抽帝女枝❶。
幸願一生同草樹，年年歲歲樂于斯。

【評解】

　❶六季生詞，且饒關合，讀此覺耳目一開。

張　諤

九　日

秋來林下不知春，一種佳游事也均。
絳葉從朝飛着夜，黃花開日未成旬❶。
將橫陌桁[1]頻驚馬，半醉歸途數問人❷。
城遠登高并九日，茱萸凡作幾年新。

【校記】

　[1] 陌桁，一作"柏樹"，字形之誤。

【評解】

❶ "九日"鏤刻至此。

❷ 善入人意。前人所云"詩有性情"者正指此,勿錯認也。

總評:

《西河詩話》曰:李商隱《七月十二日》"桂含爽氣三秋首,莫吐中旬二葉新",世稱雋巧,不知祇學得李嶠《人日》"桂吐半輪迎此夜,莫開七葉應今朝"耳,誰識張諤《九日》祇一句括之。然則謂初唐郛廓,冤矣。

沈佺期

嵩山石淙侍宴應制

金輿旦下綠雲衢,綵殿晴臨碧澗隅。
溪水泠泠逐行漏,山烟片片引香爐。
仙人六膳調神鼎,玉女三漿捧帝壺。
自昔汾陽紆道駕,無如太室覽真圖。

【評解】

總評:

五、六研練之劇。孫月峰謂:文字之新莫如六經。不知後人晚出,何以倍陳? 予于唐律亦云。

古意贈補闕喬知之[1]

盧家少婦鬱金香[2]，海燕雙棲玳瑁梁。

九月寒砧催木葉，十年征戍憶遼陽。

白狼河北音書斷，玄菟城南秋夜長。

誰謂含愁獨不見，更教明月照流黃。

【校記】

［1］諸選本無下六字，誤。

［2］《樂府》：盧家蘭室桂爲梁，中有鬱金蘇合香。一作
"堂"，誤。

【評解】

總評：

《西河詩話》曰：沈詹事《古意》，《文苑英華》與本集題下皆有
"贈補闕喬知之"六字。因詹事仕則天朝，適喬知之作補闕，其妾爲
武承嗣奪去，補闕劇思之，故作此以慰其決絕之意。言比之征夫戍
婦，無如何也。故結云"誰謂"，言不料其至此也。後補闕竟以此事
致死，此行文一大關係者。自選本刪題下六字，遂昧此意久矣。按
詩六義有比、興、賦三體，皆不如朱注所解。大抵比只通體比觀，
如《關雎》比晏朝，《離騷》比信讒，《禾黍》比懷故都，《同聲》《定
情》篇比念友，皆通全詩爲言。其曰：興者，猶詩之漫興、感興；賦
者，猶詩之賦得也。故張南士云：詹事《古意》即《三百》遺制，內
極其哀痛，外極其豔麗。前人如何仲默、楊用修輩，皆稱此詩爲三
唐第一，然俱不得其解。盲子觀場，稚兒讀《論語》，不知何以亦
妄許如此。

興慶池侍奉宴應制

碧水澄潭映遠空，紫雲香駕御微風。
漢家城闕疑天上，秦地山川似鏡中。
向浦回舟萍已綠，分林蔽殿槿初紅❶。
古來徒奏橫汾曲，今日宸游聖藻雄。

【評解】

❶ 中四與蘇許公對較，似沈遜蘇刻劃。然沈以天勝，蘇以人勝，故並錄，始見詩法。

宋之問

和趙員外桂陽橋遇佳人

江雨朝飛浥細塵，陽橋花柳不勝春。
金鞍白馬來從趙，玉面紅妝本姓秦。
妒女猶憐鏡中髮，侍兒堪感路傍人❶。
蕩舟爲樂非吾事，自嘆空閨夢寐頻。

【評解】

❶ 不直寫佳人，而僅寫傍觀者，以未親見也。然其及侍兒尤刻劃，言侍者尚爾矣。

孫　逖

詠樓前海石榴[1]

苦竹園南椒塢邊，微花弟弟露涓涓[2]。
已悲節物同寒雁，忍使芳枝集暮蟬[3]。
細路獨來當此夕，清尊相伴省他年❶。
紫微[4]新苑移花處，不取霜裁近御筵。

【校記】

[1]《李商隱集》載此題作"野菊"。

[2]李集作"微香冉冉泪涓涓"。

[3]李集作"忍委芳心與暮蟬"。

[4]李集作"雲"。

【評解】

❶ 言記得舊時也。二語生澀可喜。

總評：

是詩孫逖、李商隱兩集俱載，而舊來選本盡歸孫逖。予向觀此
詩，判是李作，以寒雁、霜裁是菊，不是榴也。張南士獨云：海石榴
本白色，詩凡言霜皆是白霜，裁是以白裁者，故不使近御筵，比不遇
也。若是菊則以霜時開，非以霜體裁矣。且其云"節物同寒雁"者，
謂榴本節物，而同寒雁之失時，以夏節無雁也；若菊，則寒雁秋來，
正乘時之物，何悲之有？其說頗近理。予因思苦竹城在越中，孫逖
嘗寓予郡，故及之。義山家河內，恐無此矣。因錄之，要其本之互
有同異，則全無確據，不敢定耳。

蘇　頲

扈從鄠杜間作^①奉呈刑部尚書舅崔黃門馬常侍

翠輦紅旗出帝京，長楊鄠杜昔知名。
雲山一一看皆美，竹樹叢叢畫不成❶。
羽騎將過持袂拂，香車欲度捲簾行❷。
漢家曾草巡游賦，可[1]似今來應聖明❸。

【校記】

[1] 可，一作"何"，誤。

【評解】

❶ 空贊二語，正寫應接不暇之意。

❷ 持袂以拂塵也。

❸ 此結呈諸公意。

贈彭州權別駕

雙流脉脉錦城開，追餞年年往復回。
祇道歡歌迎半刺，徒聞禮數揖中台❶。
黃鶯急囀春風盡，班馬長嘶落照催❷。
莫愴分飛岐路別，還當奏最掖垣來。

【評解】

❶ 別駕分刺史之半，此開三唐以官秩入詩之法。

❷ 二句自爲呼應，鶯啼以春盡，馬鳴以日晚也。

興慶池侍宴應制

降鶴池前回步輦❶，樓鷺樹杪出行宮。
山光積翠遙疑逼，水態含青近若空。
直視天河垂象外，俯窺京室畫圖中❷。
皇歡未使恩波極，日暮樓船更起風❸。

【評解】

❶ 側起，又一法。

❷ 山翠疑逼，水光若空，直視如天河垂下，俯窺則京室在中。
其寫興慶池，刻劃極矣。試問後來作者，曾有是否？

❸ 用漢武"秋風"起語。

奉和春日幸望春宮應制

東望望春春可憐，更逢晴日柳含烟❶。
宮中下見南山盡，城上平臨北斗懸❷。
細草偏承回輦處，飛花故落舞筵前❸。
宸游對此歡無極，鳥弄歌聲雜管弦。

【評解】

❶ 起有神興。

❷ 酷寫高峻。

❸ 情詞俱躍然矣。

總評：

張南士云：三、四寫地高，惟章八元《登慈恩浮屠》詩"却怪鳥飛
平地上，自驚人語半天中"差足比擬，然尚有雅俗之辨。若其後句

云"絕頂初攀似出籠",則直貧相矣。時世之升降如此。

張　説

同趙侍御巴陵早春作

江上春來早可觀,巧將春物妬餘寒。

水苔共繞留烏石,花鳥爭開鬥鴨欄①。

佩勝芳辰日漸暖,燃燈美夜月初圓。

意隨北雁雲飛去,直待南州蕙草殘❶。

【注釋】

① 巴陵有烏石山,下有流烏溪,其石如墨。"留烏"即"流烏"也。陸龜蒙有鬥鴨一欄,皆江南風土嬉戲之事。

【評解】

❶ 言景如此,而我之意則隨北歸之雁,直到秋殘,無一時一刻在巴陵也。然妙在仍作對語。

幽州新歲作

去歲荆南梅似雪,今年薊北雪如梅。

共知人事何嘗定,且喜年華去復來❶。

邊鎮戎歌連日動,京城燎火徹明開。

遙遙西向長安日,願上南山壽一杯。

【評解】

❶ 感慨灑然。

總評：

《西河詩話》曰：張説爲姚元崇所軋，貶相州刺史，再貶岳州，而以蘇頲薦，召還爲幽州都督。此詩正召還後作也。然並不組織時事，橫加刺刺，祇以"何嘗定""去復來"六字盡之，一何藴藉。謂非《三百》不可矣。宋人欲去小序，不知詩全賴題序認作者之意。如此詩得題序，則通體踊躍，固不待言，即結句感激召還，且重望入侍之意，豈尋常獻歲祝壽語耶？

澄湖山寺

空山寂歷道心生，虛谷迢遙野鳥聲。
禪室從來雲外賞，香臺豈是世中情。
雲間東嶺千重出，樹裏南湖一片明❶。
若使巢由同此意，不將蘿薜易簪纓。

【評解】

❶ "雲外""雲間"，不礙複見。

總評：

此詩從來不解巢由，未嘗以"蘿薜"易"簪纓"，而曰"同此意"，則"不易"是視巢由爲周顒矣。不知此意最深謫居之苦，悔不隱去。及至此山寺，覺全非世中，居然物外，始悟即此可隱，何必蘿薜。故云：必以彼易此，即巢由未知此意也。此用意翻案法，凡有數層，一似自慰，一似自嘲，真風人三昧。今人索解亦不能，何況能作？讀此當憬然矣。澄湖，岳州湖也。〇"從來""豈是"，便與"若使""不將"相呼應。○嘗登錢湖寶石山寺,從林樹間看湖,誦此詩,豁然。

三日詔宴定昆池官莊賦得筵字

鳳凰樓下帶天泉,鸚鵡洲中匝管弦。
舊識平陽佳麗地,今逢上巳盛明年。
舟將水動千尋日,幕共林橫兩岸烟❶。
不降王人觀襖飲,誰令醉舞拂賓筵。

【評解】

　　❶ 舟動水中之日,帳聯林岸之烟,皆賦寫極筆。

李　邕

奉和初春幸太平公主南莊應制

傳聞銀漢支機石,復見金輿出翠微。
織女橋邊烏鵲起,仙人樓上鳳凰飛。
流風入座飄歌扇,瀑水當階濺舞衣❶。
今日還同犯牛斗,乘槎共泛海潮歸。

【評解】

　　❶ 當境,親切。

徐安貞

聞鄰家理箏

北斗橫天夜欲闌，愁人倚月思無端。
忽聞畫閣秦箏逸，知是鄰家趙女彈❶。
曲成虛憶青蛾斂，調急遙憐玉指寒。
銀鎖重關聽未闢①，不如眠去夢中看❷。

【注釋】

　　① 未闢，未徹也。

【評解】

　　❶ 流水對法。

　　❷ 只是寫得意出，雖漏中晚消息，而通隻無纖縟氣，是其所別。

張　謂

別韋郎中

星軺計日赴岷峨，雲樹連天阻笑歌。
南入洞庭隨雁去，西過巫峽聽猿多。
峥嶸洲上飛黃蝶，灧澦堆邊起白波。
不醉郎中桑落酒，教人無奈別離何❶。

【評解】

❶直入"郎中"字,猶樂府之呼"都護",情思萬千矣。

南園家宴

南園春色正相宜,大婦同行少婦隨。

竹裏登樓人不見,花間覓路鳥先知。

櫻桃解結垂檐子,楊柳能低入戶枝。

山簡醉來歌一曲,參差笑煞郢中兒❶。

【評解】

❶一路踊躍而入,家人如此,南園如此,園物又如此,宜其一醉,可笑也。

王　維

奉和聖製從蓬萊向興慶閣道中留春雨中春望之作應制

渭水自縈秦塞曲,黃山舊繞漢宮斜。

鑾輿迴出千門柳,閣道回看上苑花❶。

雲裏帝城雙鳳闕,雨中春樹萬人家❷。

爲乘陽氣行時令,不是宸游玩物華。

【評解】

❶四句完題。

❷詩畫。

敕賜百官櫻桃

芙蓉闕下會千官，紫禁朱櫻出上蘭。
縱是寢園春薦後，非關御苑鳥銜殘。
歸鞍競帶青絲籠，中使頻傾赤玉盤。
飽食不須愁內熱，大官還有蔗漿寒。

【評解】

總評：

《西河詩話》曰：少時聞邑先進與先教諭兄論詩曰：“王右丞《賜櫻桃》詩何以佳？”曰：“可謂流麗矣。”曰：“不然。此詩溫厚之至。若許作小序，必曰：‘此頌君恩無已也。’縱經廟薦，非關鳥銜，何其重也，未也。許歸籠攜之，又未也。中使傾盤，增益之，又未也。儘食失熱，當出大官所貯漿以解之，其恩加無已。如是，是可頌矣。韓退之亦有《謝櫻桃》詩，全效右丞作，而失其意。如云‘豈是滿朝承雨露，共看傳賜出青冥。香隨翠籠擎初重，色映銀盤瀉未停’❶，則直湊句了事而已。詩人身分相去霄壤如此。”❷

❶ 言桃色流瀉也。

❷ 赤玉盤、青絲籠，櫻桃故實。韓愈易以“銀盤”“翠籠”，便無學問矣。即“鳥銜”句，《禮》注：櫻桃爲鳥所食，故名含桃。非泛下者。

送楊少府貶郴州

明到衡山與洞庭，若爲秋月聽猿聲①。
愁看北渚三湘遠，惡說南風五兩輕②。
青草瘴時過夏口，白頭浪裏出湓城。

長沙不久留才子，賈誼何須弔屈平❶。

【注釋】

① 明，明日也；若，誰也。

② 五兩，候風之羽，見《江賦》。

【評解】

❶ 詩律至此，椎重之氣稍息矣，然故未佻也。

春日與裴迪過新昌里訪呂逸人不遇

桃源西面絕風塵，柳市南頭訪隱淪[1]。

到門不敢題凡鳥，看竹何須問主人❶。

城外青山如屋裏，東家流水入西鄰❷。

閉戶著書多歲月，種松皆作老龍鱗。

【校記】

[1]“西面”“南頭”對起。初以“西”字類“面”字，誤作“面面”；既又去一“面”字，將一“面”字分拆作“一向”二字，大誤矣。

【評解】

❶ 只用兩不遇事，而調度甚好。

❷ 此近人所稱能實寫當境無泛飾者。然曾有一字入俚嘐否？若此等，雖白傅亦儈父，況下此矣。

總評：

初唐多失拈律，以新倡律法未能調也。然盛唐尚有之，如李白、岑參、高適、杜甫輩俱所不免。且倍覺超俊，駿馬不以是泛駕耳。

《西河詩話》曰：“種松皆作老龍鱗”，有云原本是“皆老作龍鱗”,“老”在“松”,不在“鱗”後。觀唐試士詩有《謝真人還舊山》,題范傳正試卷云“種松鱗未老”,正用摩詰此句。然“老”在“鱗”,不在“松”,何耶?

積雨輞川莊作

積雨空林烟火遲,蒸藜炊黍餉東菑。

漠漠水田飛白鷺,陰陰夏木囀黃鸝。

山中習靜觀朝槿,松下清齊折露葵①。

野老與人爭席罷,海鷗何事更相疑。

【注釋】

① 習靜,學靜也。葵,菜名。

【評解】

總評:

幼住城東村,每觀稼時,讀“漠漠”二句,快然曰:“詩有此耶!”後諸詩不記,唯此二句則常沁于心。及予滯汝南山陰,張南士尋予于蔣亭,時汝南以屯種有水田,南士誦“漠漠”二句,憶故鄉,各爲流涕。然則此等詩直是人心坎間物,有存毀耶?

早秋山中作

無才不敢累明時,思向東溪守故籬。

豈厭尚平婚嫁早,却嫌陶令去官遲。

草間蛩響臨秋急,山裹蟬聲薄暮悲❶。

寂莫柴門人不到,空林獨與白雲期。

【評解】

❶黯然可思。

送方尊師歸嵩山

仙官欲住九龍潭,毛節朱幡倚石龕❶。
山壓天中半天上,洞穿江底出江南❷。
瀑布杉松常帶雨,夕陽彩翠忽成嵐❸。
借問迎來雙白鶴,已曾衡嶽送蘇耽。

【評解】

❶如此起句,非唐人不能矣。
❷寫洞天奇境,直是仙筆。
❸此句亦體驗甚細。

出塞作

居延城外獵天驕,白草連天野火燒。
暮雲空磧時驅馬,秋日平原好射雕。
護羌校尉朝乘障,破虜將軍夜渡遼。
玉靶角弓珠勒馬,漢家將賜霍嫖姚❶。

【評解】

❶兩"馬"字,偶不煉,無礙。

高句似成語,椎煉而無斧煅之迹。前人謂神、景律如鏤金斫石,一往費力,開、寶以後,便如冶金削石,條條矣。讀此信然。

岑　參

西掖省即事

西掖重雲開曙暉，北山疏雨點朝衣。

千門柳色連青瑣，三殿花香入紫微。

平明端笏陪鵷列，薄暮垂鞭信①馬歸❶。

官拙自悲頭白盡，不如巖下掩荊扉。

【注釋】

　　① 信，任也。

【評解】

　　❶ 只七字，千載朝官歸第景無出于此矣。

和賈至舍人早朝大明宮之作

雞鳴紫陌曙光寒，鶯囀皇州春色闌。

金闕曉鐘開萬戶，玉階仙仗擁千官。

花迎劍珮星初落，柳拂旌旗露未乾。

獨有鳳凰池上客，陽春一曲和皆難。

【評解】

　　總評：

　　《西河詩話》曰：此題有王維、杜甫及舍人原唱，凡四首，俱遜此作。王詩與此通體相埒。“絳幘雞人”二句拈“早”字；“九天閶闔”二句拈“朝”字；“日色纔臨”二句合拈“早朝”字；“朝罷須裁”二句拈"和賈舍人"字,無一不兩印如合竹,而岑較俊拔。若杜則"九重"句無着,"風微"句雜出,不拈"早"而云"日暖",未拈"朝"而曰"朝罷",皆非律法。況和舍人作四句,失主客輕重。故少陵七律冠于三唐,而惟此作少遜,固不必以此定優劣也。讀詩者于此着眼,則思過半矣。

使君席夜送嚴河南赴長水得時字

嬌歌急管雜青絲,銀燭金尊映翠眉。
使君地主能相送,河尹天明坐莫辭❶。
春城月出人皆醉,野戍花深馬去遲。
寄聲報爾山翁道,今日河南異昔時❷。

【評解】

❶ 此以四句完題。雖起稍偏仄,而承甚緊切。且對仗渾化,兼無熟氣。

❷ 尚見古調。

赴嘉州過城固縣訪永安超公房

滿寺枇杷冬着花,老僧相見具袈裟。
漢王城北雪初霽,韓信臺西日欲斜。
門外不須催五馬,林間且聽演三車❶。
豈料巴川多勝事,爲君書此報京華。

【評解】

❶ 一起生秀之氣,撲人眉宇,嗣此一路俱高超絕倫。惟結是初唐習調,然仍無礙者,以氣闊也。

高　適

重　陽

節物驚心兩鬢華，東籬空繞未開花。
百年強半仕三已，五畝就荒天一涯❶。
豈有白衣來剝啄，從他烏帽自欹斜。
真成獨坐空搔首，門柳蕭蕭噪暮鴉。

【評解】

❶意氣激昂。

總評：

頷比易三五字作拗調，亦偶然事耳。中、晚以後，遂比户相沿守，爲必不可已之科律，可厭孰甚。

夜別韋司士得城字

高館張燈酒復清，夜鐘殘月雁歸聲。
只言啼鳥堪求侶，無那春風欲送行❶。
黃河曲裏沙爲岸，白馬津邊柳向城。
莫怨他鄉暫離別，知君到處有逢迎。

【評解】

❶故爲跌蕩。

孟浩然

春　情

青樓曉日珠簾映，紅粉春妝寶鏡催。
已厭交歡憐枕席，相將游戲繞池臺❶。
坐時衣帶縈纖草，行即裙裾掃落梅。
更道明朝不當作❷，相期共鬥管弦來。

【評解】

❶ 似拙儴而實通儁，何許骨格！

❷ "不當作"舊俱不解，張南士曰："猶北人云先道個不該也。"
其妙乃爾。

登安陽城樓

縣城南面漢江流，江漲開成南雍①州。
才子乘春來騁望，群公暇日坐銷憂。
樓臺晚映青山郭，羅綺晴驕綠水洲❶。
向夕波搖明月動，更疑神女弄珠游❷。

【注釋】

① 去聲。

【評解】

❶ 豔生于氣。

❷ 一結倍見無盡。

歲除夜有懷作

五更鐘漏欲相催，四季推遷往復回。

帳裏殘燈繞去焰，爐中香氣盡成灰。

漸看春逼芙蓉枕，頓覺寒銷竹葉杯。

守歲家家應未臥，相思那得夢魂來❶。

【評解】

❶ 惟家家未臥，則雖相懷而夢魂不來。此實賦"有懷"題也。

總評：

《西河詩話》曰："春逼""寒銷"，除夜意了，即借杯、枕寫寒、暖，亦何必着"芙蓉""竹葉"諸字？不知此正詞例也。《周南·卷耳》"我姑酌彼兕觥""我姑酌彼金罍"，酌則已耳，何故有諸物？豈采卷時備攜金角酒器耶？

李　頎

題璿公山池

遠公遁迹廬山岑，開山幽居衹樹林[1]。

片石孤雲窺色相，清池皓月照禪心。

指揮如意天花落，坐臥閑房春草深。

此外俗塵都不染，惟餘玄度得相尋。

【校記】

[1] 以拗調起。"開山"，王敬美改作"開士"，謂詩無一句拗者。則此本兩句拗，若改作"開士"，則一句拗矣。謂郎士元詩"高僧本姓竺，開士舊名林"，則"開士"與"高僧"對，若對"遠公"則單名失偶，較窘相矣。若謂"開山""幽居"不接，則以開山之僧而幽居祇洹，有何難接？此斷當刊正者。

【評解】

總評：

舊盛唐名家多以王孟、王岑並稱，雖襄陽、嘉州與輞川亦肩而不並，然尚可並題。至嘉、隆諸子以李頎當之，則頎詩膚俗，不啻東家矣。明詩只顧體面，總不生活，全是中是君惡習，不可不察也。

獨孤及

早發龍沮館舟中作寄東海徐司倉鄭司户

沙禽相呼曙色分，漁浦鳴榔十里聞。
正當秋風渡楚水，況值遠道傷離群。
津頭却望後湖岸，別處已隔東山雲。
停艫目送北歸翼，惜無瑤華持贈君。

【評解】

總評：

此全首拗律。在省試時，張正言輩早已有此，不始少陵也。宋人輒呼此爲杜體,誤矣。

得柳員外書封寄近詩書中兼報新主行營兵馬因代書戲答

郎官作掾心非好,儒服臨戎政已聞。
說劍嘗宗漆園吏,戒嚴應笑棘門軍。
遙知抵掌論皇道,時復封書寄白雲。
百越待君言即叙❶,相思不敢愴離群❷。

【評解】

❶ 書西戎即叙言向化也。

❷ 此通首完題之法。

唐七律選卷二

崔　顥

黃鶴樓

昔人已乘白雲去，此地空餘黃鶴樓。
黃鶴一去不復返，白雲千載空悠悠。
晴川歷歷漢陽樹，芳草萋萋鸚鵡洲。
日暮鄉關何處是，烟波江上使人愁。

【評解】

總評：

此律法之最變者。然係意興所至，信筆抒寫而得之，如神駒出水，任其踶踔無行，步工拙、裁摩擬便惡劣矣。前人品此爲唐律第一，或未必然，然安可有二也？

張南士云：人不識他詩不礙，惟崔司勳《黃鶴樓》、沈詹事《古意》，若心不能記、口不能誦，便是不識字白丁矣，其身分乃爾。

行經華陰

岧嶤太華俯咸京，天外三山削不成❶。
武帝祠前雲欲散，仙人掌上雨初晴。

河山北枕秦關險,驛路西連漢畤平①。
借問路傍名利客,無如此地學長生。

【注釋】

①《括地志》:漢五畤時在岐州雍縣南。

【評解】

❶ 翻削成妙。

崔　曙

九日登仙臺呈劉明府

漢文皇帝有高臺,此日登臨曙色開。
三晉雲山皆北向,二陵風雨自東來❶。
關門令尹誰能識,河上仙翁去不回。
且欲近尋彭澤宰,陶然共醉菊花杯❷。

【評解】

❶ 何許氣象,何許神興,千秋絕調。

❷ 一氣轉合,就題有法。

萬　楚

五日觀伎

西施謾道浣春紗，碧玉今時鬥麗華。
眉黛奪將萱草色，紅裙妬殺石榴花❶。
新歌一曲令人豔，醉舞雙眸斂鬢斜❷。
誰道五絲能續命，却令今日死君家❸。

【評解】

❶ 千秋絕豔語，却不泛下，故妙。

❷ "雙眸"二字插入無理，然故有初唐生塞之氣。

❸ 雖涉輕薄，然綰合相關處，直是《子夜》快筆。不知者以無賴矣語目之，謬矣。元、長後，劉、白俳調全仿此。

王昌齡

九日登高

青山遠近帶皇州，霽景重陽上北樓。
雨歇亭臯仙菊潤，霜飛天苑御梨秋❶。
茱萸插鬢花宜壽，翡翠橫釵舞作愁❷。
漫説陶潛籬下菊，何人見得此風流。

【評解】

❶ 故爲飾色,實逗大曆後做染一種。

❷ 二句拙。

李　白

送賀監歸四明

久辭榮祿遂初衣,曾向長生説息機。
真訣自從茅氏得,恩波應阻洞庭歸。
瑤臺含霧星辰滿,仙嶠浮空島嶼微❶。
借問欲棲珠樹鶴,何年却向帝城飛。

【評解】

❶ 雖是虛賦,而有氣魄。

總評:

太白詩不耐入細,與三唐律法迴別。然其纍兀之氣不可泯也。是作如生馬就羈靮,雖跳梁未免,而倍覺其駿,庸律卑縟,宜以此振之。

別中都明府兄

吾兄詩酒繼陶君,試宰中都天下聞。
東樓喜奉連枝會,南陌愁爲落葉分。
江城綠水明秋日,海上青山隔暮雲。
取醉不辭留夜月,雁行中斷惜離群。

鸚鵡洲

鸚鵡來過吳江水，江上洲傳鸚鵡名。
鸚鵡西飛隴山去，芳洲之樹何青青。
烟開蘭葉香風暖，岸夾桃花錦浪生。
遷客此時徒極目，長洲孤月向誰明。

【評解】

總評：

此七律變體，初唐沈詹事《龍池》篇已發其端，崔顥《黃鶴樓》便肆意爲之。白于《金陵鳳凰臺》效之最劣。此則生趣勃然矣。或疑"青"字出韵，當是古體，前人誤編入律部，則不然。通韵例曰：唐人限韵，但遵功令，往往潰逸，如腐檻之制猿，浮埒之障水，三十韵中，其出者多矣。况唐韵與今韵不同，庚部原有"青"字，青部原有"清"字。宋禮部韵兩删去耳。

杜　甫❶

曲　江

一片花飛減却春，風飄萬點正愁人。
且看欲盡花經眼，莫厭傷多酒入唇❷。
江上小堂巢翡翠，苑邊高冢臥麒麟❸。
細推物理須行樂，何用浮名絆此身。

【評解】

❶少陵律多不勝收,如搜木于鄧林,販繒于江市,何所不有。不特三唐無此人,即唐以後幾見有如少陵者?此第偶錄其可爲法者,非謂其盡于此也。

❷一起神興踊躍。○只"看花""酌酒",插入"欲盡""傷多"字,便爾急切。

❸五、六拈曲江實境,以起結意。

曲江對酒

苑外江頭坐不歸,水精春殿轉霏微。
桃花細逐楊花落,黃鳥時兼白鳥飛❶。
縱飲久拚人共棄,懶朝真與世相違。
吏情更覺滄洲遠,老大徒傷未拂衣。

【評解】

❶複字調獨有拈弄。

至日遣興奉寄北省舊閣老兩院故人二首

去歲茲辰捧御床,五更三點入鵷行。
欲知趨走傷心地,正想氤氳滿眼香。
無路從容陪語笑,有時顛倒着衣裳。
何人錯憶窮愁日,愁日愁隨一線長❶。

【評解】

❶追憶告語如訴,且于敘事攄意中不廢壯浪跳擲之氣,與劉、白熟滑調相去何等!

其　二

憶昨逍遙供奉班,去年今日侍龍顏。

麒麟不動爐烟上,孔雀徐開扇影還。

玉几由來天北極,朱衣①只在殿中間❶。

孤城此日堪腸斷,愁對寒雲雪滿山❷。

【注釋】

①朱衣,指大臣領班者。

【評解】

❶《六典》:大朝會用孔雀扇百餘分左右,合則帝升座,升訖扇開。

❷"雲""雪"雜出,高手不礙,或改"雲"爲"江",陋矣。

總評:

少陵退朝諸詩俱不入法,以"戶外昭容""天門日射"皆以偏側起,失渾成也。考唐人試體起爲破題,而少陵頗不耐,故有議《和賈舍人早朝》一詩爲軼格者,雖不足爲少陵累,然作詩者亦何可不曉也? 是作以追憶起,而繼以實賦,是以跖實爲步虛法。

野　老

野老籬邊江岸回,柴門不正逐江開。

漁人網集澄潭下,估客船隨返照來❶。

長路關心悲劍閣,片雲何意傍琴臺❷。

王師未報收東郡,城闕秋生畫角哀。

【評解】

❶寫境貴如睹,此如睹矣。

❷言關心在此地者，以不料其到此地也。"關心""何意"對仗精密。前人謂身境宜近，意境宜遠，此遠境也。○不着"劍閣""琴臺"字，則知此野老在何處。俗士以地名、官秩入律，爲唐人罪案，彼亦知有必不可已者耶！

陪李七司馬皂江上觀造竹橋即日成往來之人
免冬寒入水聊題短什簡李公

伐竹爲橋結構同，褰裳不涉往來通❶。
天寒白鶴歸華表，日落青龍見水中①。
愧我老非題柱客，知君才是濟川功。
合歡却笑千年事，驅石何時到海東❷。

【注釋】

①言橋也。舊注皆誤。

【評解】

❶長題能了。

❷落句裁點足"即日成"意。○合歡，落成也。

九日藍田崔氏莊

老去悲秋强自寬，興來今日盡君歡。
羞將短髮還吹帽，笑倩傍人爲正冠。
藍水遠從千澗落，玉山高並兩峰寒。
明年此會知誰健，醉把茱萸仔細看。

【評解】

總評：

《西河詩話》曰：杜詩有寫意之刻，如即事者《九日藍田莊》詩，祇抒寫垂老追歡意耳，然往往多出相語。七歲，先母張授《千家詩》，至此三、四不覺失笑。母問何笑，曰："自羞髮短，央人看冠，豈不可笑？"然則詩之以意趣，而竟生景象如此。古云說詩解頤，豈誣也！若通體之妙，則張南士云：此詩八句皆就題賦事，不溢一字。起以"悲秋"，"今日"暗拈"九日"二字，然對如不對，奇絕。若"藍水"二句，世多以寫境忽之。此與崔曙"三晉雲山"二語正同，正登高也。"三晉"二語極陝州之勝，"藍水"二語極藍田之勝。登高作賦，正于此較短長也。至落句之妙，當與萬楚《五日觀伎》比看，一見續命縷而翻欲死，一見茱萸囊而惟恐不生。本地風光，何其神也！前人亦以此擬三唐第一，要與《黃鶴樓》《盧家少婦》同妙，神品無優劣耳。

玉臺觀

中天積翠玉臺遙，上帝高居絳節朝。
遂有馮夷來擊鼓，須知嬴女善吹簫❶。
江光隱現黿鼉窟，石勢參差烏鵲橋。
更有紅顏生羽翼，便教白髮老漁樵❷。

【評解】

❶ 言神靈走趨也。此用《洛神賦》"馮夷擊鼓，女媧清歌"調法，不必實指。

❷ 更有，況有也，言況有長生何難托足耶。

將赴成都草堂途中有作先寄嚴鄭公①

得歸茅屋赴成都，直爲文翁再剖符❶。

但使閭閻還揖讓，敢論松竹久荒蕪❷。

魚知丙穴由來美，酒憶郫筒不用沽❸。

五馬舊曾諳小徑②，幾回書札待潛夫❹。

【注釋】

①據《唐史》，嚴武自成都召還，拜京兆尹，甫無所依。明年，武復節度劍南，招甫，故甫得仍赴草堂。

②五馬，指武。

【評解】

❶起破分明。

❷承得宛轉而開擴，無意不豁。

❸上句念舊，下句忻有主人也。

❹結招甫意。

其　二

竹寒沙碧浣花溪，橘刺藤梢咫尺迷。

過客徑須愁出入，居人不自解東西❶。

書籤藥裹封蛛網，野店山橋送馬蹄❷。

肯藉荒庭春草色，先拚一飲醉如泥❸。

【評解】

❶言草堂如此荽迷芊眠，最爲可思，不僅訴去後荒凉也。

❷奈故迹塵封，徒閱人往來久矣。

❸“肯藉”“草”一相對乎？則醉固意中事耳。“肯藉”謂武，“先拚”自謂也。

送李八秘書赴杜相公幕

青簾白舫益州來，巫峽秋濤天地回。
石出倒聽楓葉下，櫓搖背指菊花開❶。
貪趨相府今晨發，恐失佳期後命催❷。
南極一星朝北斗，五雲多處是三台❸。

【評解】

❶ 石根高出則墜葉聲反在上，故云“倒聽”；櫓勢前行則見岸花常在後，故云“背指”。此寫境之最精刻者。然故是恒境，俗士多所怪，妄爲解注，大謬。

❷ 此流水對法，言其發之速者，恐後檥至也。

❸ 仍以秘書赴幕作結。然體法甚奇，不當以詞語忽之。“南極”兩句對，又“南”“北”、“三”“五”自爲折對，另一變格。

總評：

《西河詩話》云：據《漢・天文志》，南極星在益州分野觜參之傍，而三台、三公又在北斗傍。時杜鴻漸以平章事領山劍副元帥還朝，而李秘書適受其幕辟，從益州來赴京，故云“南極”。而北赴者，以三公在北斗傍也。舊解俱未合。

登　樓

花近高樓傷客心，萬方多難此登臨❶。
錦江春色來天地，玉壘浮雲變古今❷。

北極朝廷終不改,西山寇盜莫相侵。

可憐後主還祠廟,日暮聊爲梁父吟。

【評解】

❶ 自"花近高樓"起,便意興勃發。

❷ 下句雖奇廓,然故平實有至理,總是縱橫千萬里、上下千百年耳。

望　野

西山白雪三城戍,南浦清江萬里橋。

海內風塵諸弟隔,天涯涕淚一身遙❶。

惟將遲暮供多病,未有涓埃答聖朝。

跨馬出郊時極目,不堪人事日蕭條❷。

【評解】

❶ 驟讀四句,覺耳目心情通體俱動。

❷ 風景不殊而人事異也。

暮　歸

霜黃碧梧白鶴棲,城上擊柝復烏啼。

客子入門月皎皎,誰家搗練風淒淒。

南渡桂水闕舟楫,北歸秦川多鼓鞞。

年過半百不遂意,明日看雲還杖藜❶。

【評解】

❶ 杜律拗體較他人獨合聲律。即諸詩皆然,始知通人必知音耳。

小寒食舟中作

佳辰強飲食猶寒❶,隱几蕭條戴鶡冠❷。

春水船如天上坐,老年花似霧中看。

娟娟戲蝶過閑慢❸,片片輕鷗下急灘。

雲白山青萬餘里,愁看直北是長安❹。

【評解】

❶ 破寒食一句。

❷ 此即舟中几也。

❸ 亦舟慢。

❹ 結出舟中望長安七字,以爲從此望去也,然而山青雲白,一
萬餘里,目驚神痛,説得盡情。

賓　至

幽棲地僻經過少,老病人扶再拜難。

豈有文章驚海內,慢勞車馬駐江干。

竟日淹留佳客坐,百年粗糲腐儒餐。

不嫌野外無供給,乘興還來看藥欄❶。

【評解】

❶ 八句俱作告客語,律法又變。○少陵一氣如話,倍見雋永。
白傅仿此,便儈父矣。

江　村

清江一曲抱村流,長夏江村事事幽。

自去自來梁上燕，相親相近水中鷗。

老妻畫紙爲棋局，稚子敲針作釣鈎❶。

多病所須惟藥物，微軀此外更何求。

【評解】

　　❶此總承"事事幽"也。宋人第以五、六擊節，而不知前四之妙，便失自然一地步矣。

奉送蜀州柏二別駕將中丞命赴江陵起居
衛尚書太夫人因示從弟行軍司馬位

中丞問俗畫熊頻，愛弟傳書彩鷁新。

遷轉五州防禦使，起居八座太夫人❶。

楚宮臘送荆門水，白帝雲輸[1]碧海春。

與報惠連詩不惜，知吾班鬢總如銀。

【校記】

　　[1]舊誤作"偷"，今改正。

【評解】

　　❶唐以六尚書合左右僕射爲八座。

總評：

　　《西河詩話》曰：是詩有四人。一中丞愛弟，即柏二別駕也。一五州防禦使，即中丞也。中丞向爲夔督，今防禦夔、峽、忠、歸、萬五州。而總稱中丞，即一人也。一八座太夫人，即衛尚書太夫人也。一惠連，即從弟司馬位也。柏二爲蜀州別駕，是中丞屬官。杜位爲江陵司馬，是衛尚書屬官。中丞遣弟候衛太夫人，而少陵送之，因並寄弟位。此唐人長題以八句完點之法，自愛弟與惠連雜見，中丞與防禦又兩出,遂貿貿矣。〇楚宮、白帝,以蜀州言;荆門、碧海,以江陵言,謂江漢連海也。且亦借指衛夫人仙居之意,以賦往候。故張南士嘗云:"'偷'字是'輸'字之誤,'送'與'輸'對,正起居也,'偷'則無義矣。"此言良然。五、六兩句對,又"荆""楚"、"白""碧"自爲折對,機法總變。

滕王亭子

君王臺榭枕丘山,萬丈丹梯尚可攀。

春日鶯啼修竹裏,仙家犬吠白雲間。

清江錦石傷心麗,嫩蕊穠花滿目斑❶。

人到于今歌出牧,來游此地不知還❷。

【評解】

❶ 江石有傷心之麗,花蕊成滿目之斑,此深于豔情之言。

❷ 滕王元嬰曾爲閬州刺史,故云"出牧"。

題桃樹

小徑升堂舊①不斜,五株桃樹亦從遮❶。

高秋總餽貧人食,來歲還舒滿眼花❷。

簾户每宜通乳燕,兒童莫信②打慈鴉❸。

寡妻群盗非今日,天下車書正一家❹。

【注釋】

① 舊者,原也。

② 信者,任意也。

【評解】

❶ 徑原不斜,可以不蔽,而任其蔽,故曰"從遮",言非有意留此也。

❷ 然而物我均賴之矣。

❸ 言從此當倍加珍惜,不當以此樹並戕及外物。

❹ 何則世亂已劇,痌瘝當相關也。

聞官軍收河南河北

劍外忽傳收薊北,初聞涕淚滿衣裳。

却看妻子愁何在,漫卷①詩書喜欲狂❶。

白日放歌須縱酒,青春作伴好還鄉❷。

即從巴峽穿巫峽,便下襄陽向洛陽❸。

【注釋】

① 漫卷,亂卷也。

【評解】

❶ 此先悲後喜者。解者謂喜極反生悲,非是。此如久別相會,畢竟先悲可驗。

❷ 此後"須縱酒"者,謂可以計歸也。

❸ 即實從歸途一直快數作結,大奇。且兩"峽"、兩"陽"作跌蕩句,律法又變。○《唐史》:甫,襄陽人,而有田園在洛陽,以其祖依藝曾爲鞏令,居河南也。

奉寄章十侍御

淮海維揚一俊人,金章紫綬照青春❶。

指揮能事回天地,訓練强兵動鬼神。

湘西不得歸關羽，河內猶宜借寇恂❷。

朝覲從容問幽仄，勿云江漢有垂綸。

【評解】

❶ 如題敘起，具龍跳虎臥之致，今人無此矣。

❷ 言不宜令去也，使事新切如此。

王十七侍御許攜酒至草堂奉寄此詩便請邀高三十五使君同到

老夫穩臥朝慵起，白屋寒多暖始開。

江鸛巧當幽徑浴，鄰雞還過短墻來❶。

繡衣屢許攜家醞，皂蓋能忘折野梅❷。

戲假霜威促山簡，須成一醉習池回❸。

【評解】

❶ 此言獨居，鮮客到也。

❷ 今侍御許攜酒，可忘邀高使君乎？五、六馭題圜轉如馳。○折梅用陸凱詩"折梅逢驛使"，語言請邀也。

❸ 繡衣、霜威，俱指侍御；皂蓋、山簡，俱指使君。

吹　笛

吹笛秋山風月清，誰家巧作斷腸聲。

風飄律呂相和切，月傍關山幾處明。

胡騎中宵堪北走，武陵一曲想南征。

故園楊柳今搖落，何得愁中却盡生。

【評解】

總評：

起"風月"二字，領比分承之，又一變體。"胡騎"二句亦不泛設，以亂未息而嚴武又去也。○"胡騎"句用劉疇吹笳事，舊疑與笛不合，不知前人多互用。周弘讓《長笛》詩："胡騎爭北歸，偏知別鄉苦。"

閣　夜

歲暮陰陽催短景，天涯霜雪霽寒宵。
五更鼓角聲悲壯，三峽星河影動搖。
野哭千家聞戰伐，夷歌是處起漁樵。
臥龍躍馬終黃土，人事音書漫寂寥。

【評解】

總評：

《西河詩話》曰：杜詩《閣夜》作"三峽星河"二句，在夜起時常有此境。然並鮮道及，亦以寫境須高筆假以卑詞出之，雖境甚明了而誦之索然。是以劉、白、張、王諸集必無此句，非不遇此境也。張南士嘗言："田父語農事，必非《豳風》；估人道廢居事，定非《食貨志》。"真是名言。

秋興八首

玉露凋傷楓樹林，巫山巫峽氣蕭森。
江間波浪兼天涌，塞上風雲接地陰。
叢菊兩開他日淚，孤舟一繫故園心。
寒衣夜夜催刀尺，白帝城高急暮砧。

【評解】

總評：

八首意極淺，不過"撫今追昔"四字而已，而詩甚偉練。舊謂杜詩以八首冠全集，又謂八首如一首，闕一不得，皆稚兒強解事語。若以時事摭入梗作冤斷，則又無學人所爲，不足道矣。衹八首原有得失，世並不曉，所當明眼人一指破耳。○"塞上"句稍遠，然亦可解，言此接地之陰，即塞上之風雲也。"叢菊兩開"謂菊開兩次。二句轉接，猶言兩年如一日耳。或解"開"是開淚，非開菊，陋極矣。

次首不可解，其云"奉使虛隨八月槎"，據乘槎故事，原不必奉使，而少陵又並無奉使之事，乃引類鑿鑿，豈唐史失載耶？

其　三

千家山郭净朝暉，日日江頭坐翠微。

信宿①漁人還泛泛，清秋燕子故飛飛。

匡衡抗疏功名薄，劉向傳經心事違。

同學少年多不賤，五陵裘馬自輕肥。

【注釋】

① 信宿，再宿也。古人以宿昔爲夜，故與"秋"對。

【評解】

總評：

"匡衡"二句自傷不偶，如云功名既不成，經術又荒落，有負古人耳。解者謂匡、劉皆事兩朝，與己事玄、肅同，何惡陋至此？

第四首平率，非出色之作。

其　五

蓬萊宮闕對南山，承露金莖霄漢間。
西望瑤池降王母，東來紫氣滿函關。
雲移雉尾開宮扇，日繞龍鱗識聖顏。
一臥滄江驚歲晚，幾回青瑣點朝班。

【評解】

總評：

此極鋪張長安宮闕殿陛之盛，以寓追感。“瑤池”二句無實事，但酷寫東西相望形勝耳。末句“點”作“玷”解，言曾玷入瑣闈數次也。

第六首“瞿唐峽口曲江頭”不可解，峽口與曲江不接。即曰次句以“萬里風烟”接之，則下宜實賦兩地相接之景，而通體祇賦曲江，則首綴“瞿唐峽口”四字何爲矣？解者云四字頂上詩“滄江”來，豈非笑話！

其　七

昆明池水漢時功，武帝旌旗在眼中。
織女機絲虛夜月，石鯨鱗甲動秋風。
波漂菰米沉雲黑，露冷蓮房墜粉紅。
關塞極天惟鳥道，江湖滿地一漁翁❶。

【評解】

❶ 結對仗妙。

總評：

據事，漢武曾鑿昆明以習水戰，而唐時歷以此爲行幸之地，故思而賦之。武帝是漢武,並不涉玄宗一字,舊解大謬。此與"蓬萊宮闕""昆吾御宿"三首一體,皆六句追賦,而結以今日。雖複見裁撝,而各極工琢之巧。○太液池有菰米,即雕胡米也。

其　八

昆吾御宿自逶迤,紫閣峰陰入渼陂。

紅豆啄餘鸚鵡粒,碧梧棲老鳳凰枝。

佳人拾翠春相問,仙侶同舟晚更移。

綵筆昔曾干氣象,白頭今[1]望苦低垂❶。

【校記】

[1] 舊作"吟",誤。

【評解】

❶ 仍是對結。

總評:

諸詩偉練處真是下掩徐庾,上追屈宋。○第五首以後俱追憶長安盛時,一體亦一意。要知第六首"瞿塘峽口"四字,是集杜詩者誤湊之字,去此四字,眼界又一開矣。○張南士謂"白頭吟望"難通,"吟"字是"今"字之誤,今人亦有遵其説者。"低垂"者,言望之不得而頻垂首也。

南　鄰

錦里先生烏角巾,園收芋栗未全貧。

慣看賓客兒童喜,得食階除鳥雀馴。

秋水纔添四五尺,野航恰受兩三人❶。

白沙翠竹江村暮,相送柴門月色新。

【評解】

❶“添”字俗本改作“深”字,不通。豈爾時方浚江耶?○觀五、六知時曾泛舟,而題未具也。杜集題每過略,多此類。

送韓十四江東省覲

兵戈不見老萊衣,嘆息人間萬事非❶。

我已無家尋弟妹,君今何處訪庭闈。

黃牛峽靜灘聲轉,白馬江寒樹影稀❷。

此別應須各努力,故鄉猶恐未同歸。

【評解】

❶言亂離不止此一節也。

❷峽靜以聲轉,江寒以樹稀,皆自爲呼應之句。

題鄭縣亭子

鄭縣亭子澗之濱❶,户牖憑高發興新。

雲斷嶽蓮臨大路,天晴宮柳暗長春。

巢邊野雀群欺燕,花底山蜂遠趁人❷。

更欲題詩滿青竹,晚來幽獨恐傷神。

【評解】

❶唐試體有以文句入詩法。

❷此亦偶拈所見耳,解者必謂喻小人斥君子,惡陋極矣。燕豈鸐鸒耶?山蜂隨人,又何指耶?

奉寄別馬巴州

勳業終歸馬伏波，功曹非復漢蕭何①。
扁舟繫纜沙邊久，南國浮雲水上多。
獨把漁竿終遠去，難隨鳥翼一相過❶。
知君未愛春湖色，興在驪駒白玉珂。

【注釋】

　　① 原注：甫除京兆功曹在東川。

【評解】

　　❶ 曲道寄別之意。

郭　受

杜員外兄垂示詩因作此寄上員外即甫也

新詩海內流傳遍，舊德中朝屬望勞。
郡邑地卑饒霧雨，江湖天闊足風濤。
松花酒熟傍看醉，蓮葉舟輕自學操❶。
春興不知凡幾首，衡陽紙價頓能高。

【評解】

　　❶ 二語生剏之極。《莊子》：操舟可學乎？

唐七律選卷三

劉長卿

送李録事兄歸襄陽

十年多難與君同，幾處移家逐轉蓬。
白首相逢征戰後，青春已過亂離中❶。
行人杳杳看西月，歸馬蕭蕭向北風。
漢水楚雲千萬里，天涯此別恨無窮❷。

【評解】

❶ 少陵善言情，且言之盡，而集中無此二句，知其創也。

❷ 直説無含蓄，正其變處。

總評：

張南士云：讀詩至上元、寶應後，頓覺衰減。如長安貴戚，車如流水馬如游龍，之後一旦改換門第，人情物色皆非舊時。惟隨州尚具少陵遺響，然亦蕭蕭矣。

送靈澈上人還越

禪客無心杖錫還，沃州深處草堂閑。
身隨敝屨經殘雪，手紉[1]寒衣入舊山。
獨向青溪依樹下，空留白日在人間❶。

那堪別後長相憶，雲木蒼蒼但閉關。

【校記】

[1] 紉，俗本作"綻"，誤。綻，何用手耶？

【評解】

❶ 對此悽然。

送耿拾遺歸上都

若爲天畔獨歸秦，對水看山欲暮春。
窮海別離無限路，隔河征戰幾歸人。
長安萬里傳雙淚，建德千峰寄一身。
想到郵亭愁駐馬，不堪西望見風塵。

【評解】

總評：

《西河詩話》曰：往讀"隔河"句，似戍所送歸京者，疑與"窮海"句不合，且不知建德所在，未審其自謂、謂耿。及考唐史，知劉以轉運判官貶播州尉，移睦州司馬。建德屬睦州，其所謂"千峰寄一身"者，蓋自謂也。然則隔河征戰，非是實賦，祇借言還歸之難慰耿，且自解耳。此必長安遭吐蕃之亂，代宗幸陝時，故語及之。但三、四上實下虛，似比似賦，律法一變又如此。

青溪口送人歸岳州

洞庭何處雁南飛，江菼蒼蒼客去稀❶。
帆帶夕陽千里沒，天連秋水一人歸。
黃花裛露開沙岸，白鳥銜魚上釣磯❷。

歧路相逢無可贈,老年空有泪沾衣。

【評解】

❶ 此必文房守隨州時,岳州在南,故曰"雁南飛"。
❷ 意境鉅細皆出。

獻淮寧軍節度李相公

建牙吹角不聞諠,三十登壇衆所尊。
家散萬金酬士死,身留一劍答君恩。
漁陽老將多回席,魯國諸生半在門。
白馬翩翩春草綠,邵陵西去獵平原❶。

【評解】

❶ 落句祇就當時所見事連綴作結,似屬非屬,機構又變。

登餘干古縣城

孤城上與白雲齊,萬古荒凉楚水西。
官舍已空秋草没,女墙猶在夜烏啼。
平沙渺渺迷人遠,落日亭亭向客低。
飛鳥不知陵谷變,朝來暮去弋陽溪。

送柳使君赴袁州

宜陽出守新恩至,京口因家始願違。
五柳閉門高士去,三苗按節遠人歸❶。
月明江路聞猿斷,花暗山城見吏稀。

惟有郡齋窗裏岫,朝朝空對謝玄暉❷。

【評解】

　❶ 言其行部處,遠人當歸懷也。預設此句,亦用意之變。袁州、宜陽密邇,湘陰與古三苗地接,故云。

　❷ 四句一氣。

李嘉祐

別嚴士元[1]

春風倚棹闔閭城,水國春寒陰復晴。
細雨濕衣看不見,閑花落地聽無聲。
日斜江上孤帆影,草綠湖南萬里情。
東道若逢相識問,青袍今已誤儒生。

【校記】

　[1] 舊誤入劉長卿集,今從《唐詩鼓吹》改正。

柳宗元

登柳州城樓寄漳汀封連四州刺史

城上高樓接大荒,海天愁思正茫茫。

驚風亂颭芙蓉水,密雨斜侵薜荔墻。

嶺樹重遮千里目,江流曲似九回腸。

共來百粵文身地,猶自音書滯一鄉。

柳州峒氓[1]

郡城南下接通津,異服殊音不可親。

青箬裹鹽歸峒客,綠荷包飯趁虛人①。

鵝毛禦臘縫山罽,雞骨占年拜水神❶。

愁向公庭問重譯,欲投章甫作文身。

【校記】

[1]舊誤入劉禹錫集,今改正。

【注釋】

① 嶺南呼市爲虛,猶北人呼市爲集。按:市朝而盈、夕而虛,嶺南市以虛多盈少,故反名虛。

【評解】

❶ 皆蠻俗事。

總評:

張南士謂《劉夢得集》有《柳州峒氓》一題,是柳子厚詩而誤入劉集者。按《夢得集》有初貶連州刺史,又降朗州司馬,並非柳州。及召還,再貶播州,又改連州,又徙夔,徙和,徙蘇,雖歷爲刺史而並不及柳,則其所云柳州者,是柳不是劉也。或曰劉、柳故交,焉知不至柳? 則落句明云"愁向公庭問重譯",子厚爲柳侯可稱公庭,劉何公庭耶? 況柳終于柳,不欲生還,故有"投冠""文身"之語。藉使劉客柳,而即欲毀體投荒,一從柳俗,則病狂矣。故直署柳作無疑耳。

嶺南山行

瘴江南去入雲烟，望去黃茅是海邊。
山腹雨晴添象迹，潭心日暖長蛟涎。
射工巧伺游人影，颶母偏驚旅客船。
從此憂來非一事，豈容華髮待流年。

別舍弟宗一

零落殘魂倍黯然，雙垂別泪越江邊。
一身去國六千里，萬死投荒十二年。
桂嶺瘴來雲似墨，洞庭春盡水如天。
欲知此後相思夢，長在荆門郢樹烟。

錢　起

幽居春暮書懷

自哂鄙夫多野性，貧居數畝半臨湍。
溪雲雜雨來茅屋，山雀將雛到藥欄。
仙籙滿床閑不厭，陰符在篋老羞看。
更憐童子宜春服，花裏尋師詣杏壇❶。

【評解】
　　❶ 家塾景次一新。

總評:

錢仲文試詩甚佳。後把其集,全不愜意,非劉文房敵頭也。

耿　湋

送友人歸南海

遠別悠悠白髮新,江潭何處是通津。
潮聲偏懼初來客,海味應[1]甘久住人❶。
漠漠烟花前浦晚,青青草色定山春[2]。
江洲亦有南回雁,未審何時北向秦。

【校記】

[1] 應,俗本作"唯",誤。
[2] 前浦、定山,俱地名。

【評解】

❶ 祇覺有生趣。

朱　灣

尋隱者韋九于東溪草堂

尋得仙源訪隱淪,漸來深處漸無塵。

初行竹裏唯通馬，直到花間始見人。
四面雲山誰作主，數家烟火自爲鄰。
路傍樵客何須問，朝市如今不是秦❶。

【評解】

❶情意並見。

韓　翃

送王少府歸杭州

歸舟一路轉青蘋，更欲隨潮向富春。
吳郡陸機稱地主，錢塘蘇小是鄉親。
葛花滿把能消酒，梔子同心好贈人。
早晚重過漁浦宿，遙憐佳句篋中新。

【評解】

總評：

中唐至君平氣調全卑，又降文房數格矣。但刻意纖秀，實啓晚唐及宋、元、初明修詞飾事之習。此亦關運會人也。〇張南士云：七律至劉隨州輩依然王、杜規格，然不知何故，輒如捨國都至州縣，降五侯七貴邸里入三戰門第，頓覺神減。若韓翃、耿湋輩，則居然清門，不過青漆板廂，烏桿墻巷，一好樣子而已。自此以後竟分作佻染、嗲悦兩種。佻染宗大曆，嗲悦宗長慶。因之晚唐、宋、元、初明皆遞相轉環，而不知於此時實濫觴也。今人變宋爲元，變盛明爲初明，而不知於君平、樂天三致意焉，可謂不知本矣。

送端州馮使君

白晳風流似有鬚，一門豪貴領蒼梧。
三峰亭暗橘邊宿，八桂林香節下趨。
玉樹群兒爭翠羽，金盤少妾揀明珠。
使君樂事不可見，驄馬翩翩新虎符。

送襄垣王君歸南陽別墅

都門霽後不飛塵，草色萋萋滿路春。
雙兔坡東千室吏，三鴉水上一歸人。
愁眠客舍衣香滿，走渡河橋馬汗新。
少婦比來多遠望，應知蟢子上羅巾❶。

【評解】

　　❶ 作意修飾。

送客歸江州

東歸復得采真游，江水迎君日夜流。
客舍不離青雀舫，人家舊住白鷗洲。
風吹山帶遙知雨，露濕荷裳已報秋。
聞道泉明居址近，藍輿相訪會淹留。

魯中送從事歸滎陽

故園衰草帶滎波，歲晚相携思若何。

輕橐載歸魯縞在,寒衣縫處鄭綿多。

萬人都護鳴笳送,百里邦君減騎過。

前路相逢總知己,誰能對酒不高歌。

【評解】

總評:

刻求新別,翻落小家,然使作元詩者得此數語,幾于泛海獲珠船矣。

送冷朝陽還上元

青絲纜引木蘭船,名遂身歸拜慶年。

落日澄江烏榜外,秋風疏柳白門前。

橋通小市家林近,山帶平蕪野寺連。

別後剛逢寒食節,共誰[1]携手在東田❶。

【校記】

[1]共誰,一作"共君",誤。

【評解】

❶東田在上元,即沈約別業也,君平焉能共耶?

題張逸人園林

藏頭不復見時人,愛此雲山奉養真。

露色點衣孤嶼曉,花枝妨帽小園春。

時携幼稚諸峰上,閑濯鬚眉一水濱。

興罷歸來還對酌,茅檐挂着紫荷巾。

送故人赴江陵尋庾牧

主人持節拜荆州，走馬忻從一路游。
班竹崗連山雨暗，枇杷門向楚天秋。
佳期且把齋中酒，遠思應登江上樓。
文體此時看又別，吾知小庾甚風流。

李　益

鹽州過胡兒飲馬泉

綠楊着水草含烟，舊是胡兒飲馬泉。
幾處吹笳明月夜，何人倚劍白雲天。
從來凍合關山道，今日分流漢使前。
莫遣行人照容鬢，恐驚憔悴入新年。

【評解】

總評：

　賦題能把捉，且尚有高健之氣，稍振卑習。

盧　綸

至德中途中書事寄李僴

亂離無處不傷情，況復看碑到舊城。
路繞寒山人獨去，月臨秋水雁空驚。
顏衰猶喜歸鄉國，身賤多慚問姓名❶。
今日主人還共醉，應憐世上有儒生。

【評解】

　❶人意中語。

晚次鄂州

雲開遠見漢陽城，猶是孤帆一日程。
估客晝眠知浪靜，舟人夜語覺潮生❶。
三湘愁鬢逢秋色，萬里歸心對月明。
舊業已隨征戰盡，更堪江上鼓鼙聲。

【評解】

　❶恍置身江舟間矣。

劉禹錫

早春對雪奉寄澧州元郎中

新賜魚書墨未乾,賢人暫屈遠人安❶。
朝驅旌旆行時令,夜見星辰憶舊官。
梅蕊覆階鈴閣暖,雪花當戶戟枝寒❷。
寧知楚客思公子,北望長吟澧有蘭❸。

【評解】

❶ 卑調。

❷ 四句尚有隨州矩度。

❸ 顧澧州作結,然亦纖矣。

松滋渡望峽中

渡頭輕雨灑寒梅,雲際溶溶雪水來。
夢渚草長迷楚望,夷陵土黑有秦灰❶。
巴人泪應猿聲落,蜀客船從鳥道回。
十二碧峰何處所,永安宮外是荒臺❷。

【評解】

❶ 警句。

❷ 寄慨廓然。

送源中丞充新羅册立使

相門才子稱華簪，持節東行捧德音。
面帶霜威辭鳳闕，口傳天語到雞林。
烟開鰲背千尋碧，日浴鯨波萬頃金❶。
想見扶桑受恩處，一時西拜盡傾心。

【評解】

❶ 海望語不可少。

送浙西李僕射相公赴鎮

建節東行是舊游，歡聲喜氣滿吳州❶。
郡人重得黃丞相，稚子爭迎郭細侯❷。
詔下初辭温室樹，夢中先到景陽樓。
自憐不識平津閣，遙望旌旗汝水頭❸。

【評解】

❶ 似涉俚筆，然初唐舊調，原自有此。
❷ 使事穩切。
❸ 時夢得在汝州。

張郎中籍遠寄長句開緘之日已及新秋
因舉目前仰酬高韵

南宮詞客寄新篇，清似湘靈促柱弦。
京邑舊游勞夢想，歷陽秋色正澄鮮。

雲銜日腳成山雨,風駕潮頭入渚田❶。

對此獨吟還獨酌,知音不見思愴然。

【評解】

❶ 歷陽秋色如畫。

總評:

《西河詩話》曰:劉文房每惡人有"錢郎劉李"之稱。嘗曰:"朗士元、李嘉祐焉得與予齊稱耶?"其言良是。但劉夢得與白樂天當時每稱"劉白",則不惟劉所不辭,即白亦信之。故樂天與夢得有《劉白集》,元微之與樂天又有《長慶集》。且同時張籍、王建彼此酬唱,幾于無辨。實則其時出衆者,惟樂天一人。次則夢得可以肩隨,元稹、王建抑下走矣。蓋詩律當元和後頗怯舊法,競降爲通俗之習。在能者爲之,不過却謐就疏,却方就圓,却官樣而就家常;而自不能者效之,則卑格、貧相、小家數、駔儈氣無所不至。幸樂天才高,凡律法調度,猶尚有才分,運行其間而乃拉遝與諸君齊名,冤矣。近世陋習,讕謔叫嚎,動輒以元白爲口實,因錄夢得詩而並及之。

楊巨源

贈張將軍

關西諸將揖容光,獨立營門劍有霜。

知愛魯連歸海上,肯令王翦在平陽。

天晴紅幟當山滿,日暮清笳入塞長。

年少功高誰不羨,漢家壇樹月蒼蒼❶。

【評解】

❶ 情致儼然。

張　　籍

寄和州劉使君

別離已久猶爲郡，閑向春風倒酒缸。
送客時過沙口堰，看花多上水心亭。
曉來江氣連城白，雨後山光滿郭青❶。
到此詩情應更遠，醉中高詠有誰聽。

【評解】

❶ 頓覺卑氣都盡。

送汀州元使君

曾成趙北歸朝計，因拜王門領簿[1]官。
爲郡暫辭雙鳳闕，全家遠過九龍灘。
山鄉祇有輸蕉戶，水鎮應多養鴨欄。
地僻尋常來客少，刺桐花發共誰看。

【校記】

[1]“領簿”與“歸朝”對，俗本作“最好”，誤。

贈閻少保

辭榮戀闕未還鄉,保攝年多氣力强❶。
報國並垂匡世略,傳家但説養生方。
特承恩詔新開戟,每見公卿不下床。
竹樹晴深寒院静,長懸石磬在虚廊。

【評解】

❶ 不成話。

總評：

五、六寫尊貴意,末寫嚴静意,俱出色。

王　建

題金家竹溪

少年因病離天仗,乞得歸家自養身。
買斷竹溪無別主,散分泉水與新鄰。
山頭鹿下長驚犬,水面魚行不畏[1]人。
卿使到來常款語,還聞世上有勳臣。

【校記】

[1] 畏,勿作"怕"。

【評解】

總評：

"魚行"句原襲玄宗詩"魚没多由怯岸人"句而反之，其雅俗固已大別，然"畏"與"怯"猶不遠，俗改作"怕"，則倍貧相矣。詩有一字而貴賤迥別者，善詩者知之。

上張弘靖相公

傳封三世盡河東，家占中條第一峰。
早歲天教作霖雨，明時帝用補山龍❶。
草間舊路沙痕在，日照新池鳳迹重。
卑散自知霄漢隔，若爲門下賜從容。

【評解】

❶ 故作壯語。

應聖觀即李林甫舊宅

精思堂上畫三身，回作仙官度美人❶。
賜額御書金字貴，行香天樂羽衣新。
空廊鳥啄花磚縫，內殿蟲緣玉像塵❷。
頭白女冠猶説與，薔薇不似已前春。

【評解】

❶ 言女冠也。
❷ 寫荒凉境在目。

元　積

以州宅夸于樂天時觀察越州

州城回繞拂雲堆，鏡水稽山滿眼來。
四面常時對屏幛，一家終日在樓臺。
星河看向簷前落，鼓角驚從地底回。
我是玉皇香案吏，謫居猶得住蓬萊①。

【注釋】

　　① 越地亦名蓬萊。

白居易①

八月十五日夜禁中獨直對月憶元九

銀臺金闕夕沉沉，獨宿相思在翰林。
三五夜中新月色，二千里外故人心。
渚宮東面烟波冷，浴殿西頭鐘漏深❶。
猶恐清光不同見，江陵卑濕遍秋陰。

【注釋】

　　① 樂天爲中唐一大作手，其七古、五排空前掩後，獨七律下乘耳，然猶領袖元和、長慶間。寶、大以後，竊脂乞澤者，越若干年亦

文豪也。若同時倡和，爭相摹仿，終不得似此，如東家效西家，才分懸遠，老元短李，久在下邦嗤笑中矣。但黄鐘大吕，鏗鏘已久，既將細響，則蝸吟蚓呻自所不免。兹擇其于卑格、貧相、小家數、駔儈氣不甚浸淫者，備録于篇，以厭時好之目，善讀者察之。

【評解】

❶ 色相雖變，猶饒聲勢。

池上閑詠

青萍臺上起書樓，緑藻潭中繫釣舟❶。
日晚愛行深竹裏，月明多上小橋頭。
暫嘗新酒還成醉，但出中門便當游❷。
一部清商聊送老，白頭蕭颯管弦秋。

【評解】

❶ 對起猶是舊法。

❷ 巧笑語，却有意趣。

酬贈李煉師見招

幾年司諫直承明，今日求真禮上清。
曾犯龍鱗容不死，欲騎鶴背覓長生❶。
劉綱有婦仙同得，伯道無兒累更輕。
若許移家相近住，便驅雞犬上層城❷。

【評解】

❶ 此必白爲拾遺後作。或云煉師嘗爲諫官以事去者，則不宜稱煉師，且五、六不合，其説非是。

❷ 言欲赴招也。

題新居寄元八[1]

青龍岡北近西邊，裁作新居便泰然。
深巷閉門無客到，暖簷移榻向陽眠。
陶潛室小堪容膝，子貢墻低甫及肩。
誰似昇平元八宅，栽花種柳傍林泉❶。

【校記】

[1] 元八是元宗簡侍御，非微之也。俗改"八"作"九"，誤矣。

【評解】

❶ 情境兼到，並饒氣調。

得微之到官後書備知通州之事恨然有感因成四章今錄第二首

匼匝巔山萬仞餘，人家應似甑中居。
寅年籬下多逢虎，亥日沙頭始賣魚。
衣斑梅雨長須熨，米澀畬田不解鋤❶。
努力安心過三考，已曾愁殺李尚書❷。

【評解】

❶ 語生調澀，仍是失拈，始知初、盛沿習，雖中、晚未嘗改也。
❷ 李實尚書曾貶此州身死。○結又闌入小家數矣。

酬元員外三月三十日慈恩寺相憶見寄

悵望慈恩三月盡，紫桐花落鳥關關。

誠知曲水春相憶❶，其奈長沙老未還。

赤嶺猿聲催白日①，黃茅瘴色換朱顏。

誰言南國無霜雪，盡在愁人兩鬢間❷。

【注釋】

　　① 一作"白首"，與結犯，誤。

【評解】

　　❶ 一句賦題有法。

　　❷ 故作一宕，便成佳語。唐人多有此。

妻初授邑號告身

弘農舊縣授新封，鈿軸金泥誥一通。

我轉官階常自愧，君加邑號有何功❶。

花牋印去排窠濕，錦幖裝來耀手紅。

倚得身名便慵懶，日高猶睡綠窗中❷。

【評解】

　　❶ 只兒女齷齪語，妙在齊習，且原有書卷，非庸筆可效嚬也。

　　❷ 解頤處不厭輕薄。

夜　歸

半醉閑行湖岸東,馬鞭敲鐙彎瓏璁。

萬株松樹青山上,十里沙堤明月中。

樓角漸移當路影,潮頭欲過滿江風❶。

歸來未放笙歌散,畫戟門開蠟燭紅。

【評解】

❶景次之細,身歷始解。

杭州春望

望海樓明照曙霞,護江堤白蹋晴沙。

濤聲夜入伍胥廟,柳色春藏蘇小家。

紅袖織綾誇柿蒂①,青旗沽酒趁梨花②。

誰開湖寺西南路,草綠裙腰一道斜③。

【注釋】

① 自注:杭州出綾柿蒂,花者尤佳。

② 自注:其俗造酒趁梨花時熟,號梨花春。

③ 自注:孤山寺路在湖洲中,草綠時望如裙腰。

總評:

據此詩及自注,則湖洲中一堤,本舊時有之,而不知所始,故曰
"誰開"。且自注如此,未有樂天開此堤,而反曰"誰開",且加一注
脚者,今西湖諸志皆稱爲樂天所築堤,誤矣。按樂天在長慶末始出
刺杭州,而張祜早有詩云:"樓臺映碧岑,一徑入湖心。"陸魯望每推
祜元和詩人,則此堤非長慶後築斷可知者。又考此堤名"白沙堤",

樂天《錢塘湖春行》有云"最愛湖東行不足,綠楊陰裏白沙堤",則必以"白沙"兩字。偶去"沙"字而單稱"白堤",遂誤認白築。然有時去"白"字而單稱"沙堤",如樂天詩"十里沙堤明月中",不得謂此堤爲宰相築也。故作杭志者當稱白沙堤,或稱白堤,若稱白公堤,便誤耳。

西湖晚歸回望孤山寺贈諸客

柳湖松島蓮花寺,晚動歸橈出道場。
盧橘子低山雨重,棕櫚葉戰水風涼。
烟波澹蕩搖空碧,樓殿參差倚夕陽。
到岸請君回首望,蓬萊宮在海中央。

春題湖上

湖上春來似畫圖,亂峰圍繞水平鋪。
松排山面千重翠,月點波心一顆珠。
碧毯綫頭抽早稻,青羅裙帶展新蒲❶。
未能拋得杭州去,一半勾留是此湖❷。

【評解】

❶ 物態新出。

❷ 萬千贊嘆,盡此二句。

西湖留別

征途行色慘風烟,祖帳離聲咽管弦。
翠黛不須留五馬,皇恩只許住三年。

綠藤陰下鋪歌席,紅藕花中泊妓船。

處處回頭盡堪戀,就中難別是湖邊。

【評解】

總評:

此首刻意作初唐調,不事佻子,觀首二句便見。○"未能抛得杭州去",以遲回見留戀。"皇恩只許住三年",以促速見留戀。才人用意兩面皆見,故妙。

早發赴洞庭舟中作

閶闔曙色欲蒼蒼,星月高低宿水光。

棹舉影搖燈燭動,舟移聲拽管弦長❶。

漸看海樹紅生日,遙見包山白帶霜。

出郭已行十五里,惟銷一曲慢霓裳❷。

【評解】

❶ 又是一景界。蘇杭名勝舊云不得刊置他處,是也。

❷ 與頸句不複者,彼寫舟馳,此形曲慢也。

村居寄張殿衡

金氏村中一病夫,生涯濩落性全迂。

惟看老子五千字,不蹋長安十二衢。

藥銚夜傾殘酒暖,竹床寒取舊氈鋪❶。

聞君欲發江南去,能到茅庵話別無。

【評解】

❶ 以貧相寫貧事,幸句練有氣,其降于杜者,尚咫尺耳。

府中夜賞

櫻桃廳院春偏好，石井欄堂夜更幽。
白粉墙頭花半出，緋紗燭下水平流。
閒留賓客嘗新酒，醉領笙歌上小舟。
舞袖颺飄棹容與，忽疑身是夢中游。

【評解】

總評：

此類宋、元詩修染一種，亦今人細腰也。

春晚詠懷贈皇甫朗之

豔陽時節又蹉跎，遲暮光陰復若何。
一歲中分春日少，百年通計老來多。
多中更被愁牽引，少裏兼遭病折磨。
賴有銷愁治病藥，君嘗濃酊我聽歌❶。

【評解】

❶ 三、四以"春日"頂"豔陽"，以"老來"頂"遲暮"，猶是舊法。至五、六以"多""少"明頂，則變體矣。結又頂"愁""病"，係白集舊本刊正，與時刻異。

閑居春盡

閑泊池舟靜掩扉，老身慵出客來稀。
愁因暮雨留教住，春被殘鶯喚遣歸❶。

揭瓮偷嘗新熟酒，開箱試着舊生衣❷。

冬裘夏葛相催促，垂老光陰速似飛❸。

【評解】

❶ 雨教愁住，不失俊語，鶯喚春歸，便似入俗，何也？

❷ 方干竊此，"杯盂未稱嘗生酒，砧杵先催試熟衣"，便赧然矣。

❸ 單以衣服作結，承接不妥，且語亦俚甚。

菩提寺上方晚眺

樓閣高低樹淺深，山光水色畫成陰。

嵩烟半捲青綃幕，伊浪平鋪綠綺衾。

飛鳥滅時宜極目，遠風來處好開襟。

誰知不離簪纓內，長得逍遙自在心。

【評解】

總評：

此結與張說《灉湖山寺》落句同意，而此直彼曲，遂覺霄壤。觀升降者于此着眼，即得矣。

早春憶游思黯南莊因寄長句

南莊勝處心常憶，借問軒車早晚游。

美景難忘竹廊下，好風爭奈柳橋頭。

冰消見水多于地，雪霽看山盡入樓❶。

若待春深始同賞，鶯殘花落不勝愁❷。

【評解】

❶ 冰消覺水寬，雪霽覺山近，意中語，寫出殊快。

❷ 早春憶游意，亦四句轉合。

與夢得沽酒閑飲且約後期

少時猶不憂生計，老後誰能惜酒錢。
共把十千沽一斗，相看七十欠三年❶。
閑徵雅令窮經史，醉聽清吟勝管弦。
更待菊黃家醞熟，共君一醉一陶然。

【評解】

❶ 全乎猾口，只是近情。

與牛家妓樂雨夜合宴

玉管清弦聲旖旎，翠釵紅袖坐參差❶。
兩家合奏洞房夜，八月連陰秋雨時❷。
歌臉有情凝睇久，舞腰無力轉裙遲❸。
人間歡樂無過此，上界西方即不知❹。

【評解】

❶ 合宴，如畫。
❷ 點題極清，且時亦可念。
❸ 梁簡文有此俊句。
❹ 言不堪爲達人道耳，然已入俗調矣。

三月三日

畫堂三月初三日，絮撲紗窗燕拂簷。
蓮子數杯嘗冷酒，柘枝一曲舞春衫。

階臨池面勝看鏡，戶映花叢當下簾。
指點樓南玩新月，玉鈎素手兩纖纖。

戎　昱

江城秋霽

霽後江城風景涼，豈堪登眺只堪傷❶。
遠天蟛蛸收殘雨，映水鸕鷀近夕陽。
萬事無成空過日，十年多難未還鄉❷。
不知何處消茲恨，轉覺愁隨夜夜長。

【評解】
　❶劣態。
　❷傷心句。

朱慶餘

題崔駙馬林亭

選居幽近御街東，長得詩人聚會同。
白練鳥飛深竹裏，朱弦琴在亂書中❶。
亭開山色當高枕，樓靜簫聲落遠風。

何事宦途猶寂莫,都緣清苦道難通❷。

【評解】

❶ 此境時有之。若皮日休詩"魚須拋在亂書中",則偶然事矣。

❷ 結劣。

姚　合

題田將軍宅

焚香書院最風流,莎草緣墻綠蘚秋。

近砌別穿澆藥井,臨街新起看山樓❶。

樓禽戀竹明猶在,閑客觀花夜未休。

好是暗移城裏宅,清凉渾得似江頭❷。

【評解】

❶ 亦善于即境語。

❷ 結劣。

周　賀

晚題江館

病寄曲江居帶城,傍門孤柳一蟬鳴。

澄波月上見魚擲，晚徑葉乾聞犬行。

越鳥夜無侵閣色，寺鐘涼有隔原聲。

故園盡賣休歸去，潮水秋來空自平❶。

【評解】

❶後四全不成話。

唐七律選卷四

李商隱

馬　嵬

海外徒聞更九州,他生未卜此生休❶。
空聞虎旅鳴宵柝,無復雞人報曉籌。
此日六軍同駐馬,當時七夕笑牽牛。
如何四紀爲天子,不及盧家有莫愁。

【評解】

❶ 惡劣。

總評:

《西河詩話》曰:張南士生平不喜觀李商隱詩,舊嫌其堆垛湊砌,號"獺祭魚"。此病猶小,其最不足處,是半明半暗,迷悶不決。蓋其人質本庸下,而又襲元、長之習,不能出脱,益復襞積故事以鑷補之,不特繪膩無意趣,而即其句中求其意之通、調之浹,使人信口了了,亦不可得。假如世所選本列第一,無如《錦瑟》一詩,承句云"一弦一柱思華年"已口報矣,乃落句云"此情可待成追憶,只是當時以惘然",是底言?此可稱通人語乎?

是詩五、六對仗稍通脱,然首句不出題,不知何指。三、四殊庸泛無意。若落句則以本朝列祖皇帝而調笑如此,以視杜詩之忠君戀國,其身分何等?雖輕薄,不至此矣。有心六義者,盍亦于此際商之。

許　渾

咸陽城東樓

獨上高城萬里愁，蒹葭楊柳似汀洲。
溪雲初起日沉閣，山雨欲來風滿樓❶。
鳥下綠蕪秦苑夕，蟬鳴黃葉漢宮秋。
行人莫問當年事，故國東來渭水流。

【評解】

　　❶只七字寫得到。惜上句景次不甚嘹亮。且"樓""閣"雜出，
不妥。

金陵懷古

玉樹歌殘王氣終，景陽兵合戍樓空。
楸梧遠近千官冢，禾黍高低六代宮。
石燕拂雲晴亦雨，江豚吹浪夜還風。
英雄一去豪華盡，惟有青山似洛中。

游江令舊宅在蕭山治北，俗名江相公祠

身沒南朝宅已荒，邑人猶賞舊風光。
芹根生葉石池淺，桐樹落花金井香。
趁暖山蜂巢畫閣，掠陰溪燕集書堂。
閑愁此地更西望，潮浸臺城春草長❶。

【評解】

❶ 仍是韓君平一種。

總評：

梁江總避臺城之亂，寓居蕭山。及去，捨宅爲寺，其名江令、名相公者，以總在陳爲尚書令、爲相故也。俗誤稱江令爲江淹，則淹不是令，不是相公，且不至蕭山，並不遇臺城之亂，全然荒唐矣。按唐詩，劉禹錫、羅隱皆有《江令宅》詩，皆是江總，即凡稱"江令"，如李商隱詩"江令當年只費才""已隨江令誇瓊樹"皆不指淹。餘見予《蕭山縣志》刊誤。

卧　疾

寒窗燈盡月斜暉，珮馬朝天獨掩扉。
清露已凋秦塞柳，白壇[1]空長越山薇。
病中送客難爲別，夢裏還家不當歸。
惟有寄書書未到，卧聞寒雁向南飛❶。

【校記】

［1］壇，一作"雲"。

【評解】

❶ 結劣。

杜　牧

題青雲館

虵蟠千仞劇羊腸，天府由來百二强。
四皓有芝輕漢祖，張儀無地與懷王❶。
雲連帳影蘿陰冷，枕繞泉聲客夢凉。
深處會容高尚者，水苗三頃百株桑。

【評解】

❶ 以地在商洛，故云。

九日齊山登高

江涵秋影雁初飛，與客携壺上翠微。
塵世難逢開口笑，菊花須插滿頭歸。
但將酩酊酬佳節，不用登臨恨落暉。
古往今來只如此，牛山何必泪沾衣。

【評解】

總評：

真正宋調之祖。祇以三、四膾炙語，故錄之。然熟滑氣滿行
間矣。

得替後移居雲溪館

萬家相慶喜秋成，處處樓臺歌板聲。

千歲鶴歸猶有恨，一年人住豈無情❶。

夜涼溪館留僧話，風定蘇潭看月生。

景物登臨閒始覺，願爲閒客此閒行❷。

【評解】

❶ 白傳《故衫》詩"曾經爛漫三年着，欲棄空箱似少恩"，覺此七字尤簡勝。

❷ 諸句俱劣。

同趙二十二訪張明府郊居聯句

陶潛官罷酒缸空，門掩郊原一夜風。牧

古調詩吟山色裏，無弦琴在月明中。趙嘏

遠簷高樹宜幽鳥，出岫孤雲逐晚虹。牧

別後東籬數枝菊，不知閒醉與誰同。嘏

李　遠

失　鶴

秋風吹却九皋禽，一片閒雲萬里心❶。

碧海有情應悵望，青天無路可追尋❷。

來時白雪翎猶短，去日丹砂頂漸深。

華表柱頭留語後，更無消息到如今。

【評解】

❶ 拈題無迹。

❷ 彼此俱見。

趙　嘏

長安秋望

雲物淒清拂曙流，漢家宮闕動高秋。

殘星幾點雁橫塞，長笛一聲人倚樓❶。

紫豔半開籬菊靜，紅衣落盡渚蓮愁。

鱸魚正美不歸去，空戴南冠學楚囚❷。

【評解】

❶ 只此嶢峭語，當時以是得名，呼"趙倚樓"，亦時使然耳。

❷ 劣句。

登安陸西樓

樓上華筵日日開，眼前人事祇堪哀。

征車自入紅塵去，遠水長穿綠樹來❶。

雲雨暗更歌舞伴，山川不盡別離杯❷。

無由並寫春風恨，欲下郢城首重回。

【評解】

❶ 二語極登望之勝。"自入"者，言獨自入去，不與下句呼合。

❷應首二句,必時有餞席耳。

溫庭筠

七　夕

鴻歸燕去兩悠悠,青瑣西南月似鉤。
天上歲時星右轉,世間離別水東流❶。
金風入樹千門夜,銀漢橫空萬象秋。
蘇小橫塘通桂楫,未應清淺隔牽牛。

【評解】

❶佳句,俗調。

春日偶作

西園一曲豔陽歌,擾擾車塵負薜蘿。
自欲放懷猶未得,不知經世竟如何。
夜闌猛雨判花盡,寒戀重衾覺夢多❶。
釣渚別來應更好,春風還爲起微波❷。

【評解】

❶二句善入人意。
❷結好。

上翰林蕭舍人

人間鵷鷺杳難從,獨限[1]金扉直九重。
萬象晚歸仁壽鏡,百花春隔景陽鐘。
紫微芒動詞初出,紅燭香殘誥未封。
每過朱門愛庭樹,一枝何日許相容。

【校記】

　[1]限,一作"恨",誤。

蘇武廟

蘇武魂銷漢使前,古祠高樹兩茫然。
雲邊雁斷胡天月,隴上羊歸塞草烟。
回日樓臺非甲帳,去時冠劍是丁年❶。
茂陵不見封侯印,空向秋波哭逝川。

【評解】

　❶亦是俊語。然使高手作此,則"回日""去時"不如是板煞矣。

李山甫

月

狡兔頑蟾死復生,度雲經漢澹還明❶。
夜長雖耐對君坐,年小不禁隨爾行❷。

玉桂影搖烏鵲動,金波寒注水龍驚。

人間半被虛拋擲,惟向孤吟客有情。

【評解】

❶ 對起。

❷ 言逐月也。

劉　滄

咸陽懷古

經過此地無窮事,一望凄然感廢興。

渭水故都秦二世,咸陽秋草漢諸陵❶。

天空絕塞聞邊雁,葉盡孤村見夜燈。

風景蒼蒼多少恨,寒山半出白雲層。

【評解】

❶ 佳句,俗調。

李　頻

湖口送友人

中流日暮見湘烟,岸葦無窮接遠天。

去雁遠衝雲夢雪,離人獨上洞庭船。

風波盡日依山轉,星漢通宵向水旋[1]。

零落梅花過殘臘,故園歸去又新年。

【校記】

[1]"旋"字好。舊作"連",誤。

春日思歸

春情不斷若連環,一夕思歸鬢欲斑。

壯志未酬三尺劍,故鄉空隔萬重山。

音書斷絕干戈後,親友相逢夢寐間。

却羨浮雲與飛鳥,因風吹去又吹還❶。

【評解】

❶一結可念。

皮日休

寄滑州李副使員外

兵繞臨淮數十重,鐵衣才子正從公。

軍前草奏旄頭下,城上封書箭簳中❶。

圍破只應乘夜雪,斾高何處避春風。

故人勳重金章貴,一任江湖説戰功。

【評解】

　❶用事一何俊！

送李明府之任南海

五羊城在蜃樓邊,墨綬垂腰正少年。
山靜不應聞屈鳥,草深從使蔽貪泉。
蟹奴晴上臨潮檻,燕婢秋隨過海船❶。
一事與君消遠宦,乳蕉花發訟庭前。

【評解】

　❶蟹奴、燕婢、鴉舅、鼠姑倡于元、白而盛于皮、陸,今則成惡
道矣。

初冬偶作寄南陽潤卿

寓居無事入清冬,雖設樽罍酒半空。
白菊爲霜翻帶紫,蒼苔因雨却成紅。
迎潮預遣收魚笱,防雪先教蓋鶴籠。
惟待支硎最寒後,共君披氅訪林公。

陸龜蒙

奉和襲美見訪不遇

爲愁烟岸老塵囂,扶病呼兒斸翠苕。

祇道府中持簡帖，不知林下訪漁樵❶。
花盤小墢晴初壓，葉擁疏籬凍未燒❷。
倚杖遍吟春照午，一池冰段幾多消❸。

【評解】

❶ 賦事明了。

❷ 言未曾掃徑也。

❸ 言歸遲也。

奉和襲美寄滑州李副使員外

洛生閒詠正抽毫，忽傍旌旗着戰袍。
橄下連營皆破膽，劍離孤匣欲吹毛。
清秋月色臨軍壘，半夜淮聲入賊壕❶。
除却征南爲上將，平徐功業更誰高。

【評解】

❶ 意調俱振。

送李明府之任南海和襲美

春盡之官直到秋，嶺雲深處恁瀧流。
居人愛近沉珠浦，候吏多來拾翠洲。
賣稅有時輸紫貝，蠻童早歲佩金鈎。
知君不戀南枝久，肯却經冬白鷫裘。

病中秋懷寄襲美

病容愁思苦相兼，清鏡無情未我嫌。

貪廣異蔬行徑窄，故求偏藥出錢添。

同人散後休賒酒，雙燕辭來始下簾。

更有是非齊未得，重憑詹尹拂龜占。

【評解】

總評：

《西河詩話》曰：魯望《秋懷》，中四頗佳；貪羅異蔬，不由正路；欲買僻藥，不惜添錢。酒必客至而始賒，簾必燕去而後下，俱有意趣。但南士最不喜魯望詩，以跆塞故也。予謂此亦可觀者。義山不成練，此却成練。義山無意，便繪膩；此頗有意，則生澀不圓滑，亦足避長慶縟氣。向使以王右丞、崔司勳之筆而作此等，未必不工部也。然則氣韵可少耶？

江南道中懷茅山廣文南陽博士和襲美

一片輕帆背夕陽，望三峰拜七真堂。

天寒夜漱雲牙净，雪壞晴梳石髮香①。

自拂烟霞安筆格，獨開封檢試砂床。

莫言洞府能招隱，會輾飆輪見玉皇。

【注釋】

① 雪壞，雪消也。

奉和襲美夏初過訪

四鄰多是老農家，百樹雞桑半頃麻。

盡趁晴明修網架，每和烟雨掉繰車。

啼鶯偶坐身藏葉，餉婦歸來鬢有花。

不是對君吟復醉，更將何事送年華。

鄭　谷

鷓　鴣

暖歲烟蕪錦翼齊，品流應得近山雞。
雨昏青草湖邊過，花落黄陵廟裏啼。
游子乍聞征袖濕，佳人纔唱翠眉低❶。
相呼相喚湘江曲，苦竹叢深春日西。

【評解】

❶ 唱詞與聞聲有別。

總評：

鄭鷓鴣、崔鴛鴦皆當時有名字詩，故備録之。

李建勳

道林寺

雖與中峰數寺連，就中奇勝出其間。
不教幽樹妨閑地，別着高窗向遠山。
蓮沼水從雙澗入，客堂僧自九華還❶。

無因得結香燈社,空向王門玷玉班。

【評解】

❶ 中四頗有轉掉。

章　碣

夏日湖上即事寄晉陵蕭明府

亭午羲和駐火輪,開門嘉樹蔭湖濱。
行來賓客矜茶味,睡起兒童帶簟紋。
屋小有時投樹影,舟輕不覺入鷗群❶。
陶家豈是無詩酒,公退堪驚日已曛。

【評解】

❶ 刻意不滯。

對　月

殘霞卷盡出東溟,萬古難消一片冰。
公子踏開香徑蘚,美人吹滅畫堂燈。
璃輪正輾丹霄去,銀箭休催白露凝。
別有洞天三十六,水晶臺殿冷層層。

【評解】

總評:

三、四亦貧態,但刻寫明月,恐美人、公子未必無此。

崔　珏

和友人鴛鴦之什

翠鬛紅衣對夕暉，水禽情似此禽稀。
暫分烟島猶回首，只渡寒塘亦並飛。
映霧乍迷珠殿瓦，穿梭齊上玉人機。
採蓮多少回舟女，羨爾雙雙並翅歸❶。

【評解】

　　❶ 可謂名不虛得。

方　干

旅次揚州寓居郝氏林亭

舉目縱然非我有，思量似在故鄉時。
鶴盤遠勢投孤嶼，蟬曳殘聲過別枝❶。
凉月照窗欹枕倦，澄泉繞石泛觴遲。
青雲未得平行去，夢到江南身旅羈❷。

【評解】

　　❶ 七字足傳矣。
　　❷ 惡劣。

章孝標

少年行

平明小獵出中軍，異國名香滿袖薰。
畫楛倒懸鸚鵡觜，花衫對織鳳凰文。
手抬白馬嘶春草，臂諫青骹入暮雲①。
落日胡姬樓上飲，風吹簫管隔城聞。

【注釋】

　　① 抬馬，謂以轡昂其首也。青骹，青鷹之足。《爾雅翼》：鷹三
歲爲青。意雙骹嘗立，故用以名鷹，與他注鳴鏑不同。

薛　能

獻僕射相公

清如冰玉重如山，百辟嚴趨禮絶攀。
強虜外聞應破膽，平人長見盡開顏。
朝廷有道青春好，門館無私白晝閑。
致却垂衣更何事，幾多詩合詠關關❶。

【評解】

　　❶ 不成話。

總評：

張南士云："門館"句世多膾炙，然不如王維詩"丞相無私斷掃門"較有書卷，此亦前後升降之驗。

李昌符

詠鐵馬鞭並序

長慶二年義成軍節度使曹華進獻，且曰得之汴水，有字刻云"貞觀四年尉遲敬德"，字尚在。

漢將臨流得鐵鞭，鄂侯名字舊雕鐫。

須爲聖代無雙物，肯逐將軍臥九泉。

汗馬不侵誅虜血，神功會見補亡篇❶。

時來終薦明君用，莫嘆沉埋二百年。

【評解】

❶ 此句難解。或因《補亡詩》有"武功外悠"語，故云，然而疏矣。

總評：

《西河詩話》曰：李昌符、戎昱皆有詠尉遲敬德鐵馬鞭詩。本一驅馬物，而像竹節爲之，以古有竹鞭，亦名節鞭。故元稹有《野節鞭》詩，而高適詩云"龍竹養根凡幾年，一節一目皆天然"，則馬撾用竹節。而鄂侯獨像以鐵，並非兵仗。小説家造言尉遲用鐵節鞭行陣，而陋者遂摭其物入軍械中，真笑話矣。《説文》"鞭，驅也"，即馬箠。古兼用扑人，故或以皮，或以竹，或以蒲，《虞書》"鞭作官刑"是也。是以敵人易與，不必戈甲。輒曰"吾鞭箠使之，正言無事軍械"，猶孟子言"制梃撻甲兵"耳。而反以之當甲兵，可乎？

韋　莊

贈邊將

曾因征遠向金微，馬出榆關一鳥飛。
萬里只隨孤劍去，十年空逐塞鴻歸。
手招都護新降虜，身着文皇舊賜衣❶。
祇待烟塵報天子，壯心無事別無機。

【評解】
❶ 故是俊句。

題裴端公郊居

暫隨紅斾佐藩方，高蹈終期卧故鄉。
但傍水聲開澗道，誰延山色到書堂。
蒲生岸脚青刀利，柳拂波心綠帶長。
莫奪野人樵牧興，白雲不識繡衣郎❶。

【評解】
❶ 晚唐多無好結。

汧陽縣閣

汧水悠悠去似絣，遠山如畫翠眉橫。

僧尋野渡歸吳嶽，雁帶斜陽入渭城。
邊靜不收蓄帳馬，地貧惟賣隴山鸚❶。
牧童何處吹羌笛，一曲梅花出塞聲。

【評解】

　❶ 又一物色。

陪金陵府相中堂夜飲

滿耳笙歌滿眼花，滿樓珠翠勝吳娃。
因知海上神仙窟，祇似人間富貴家❶。
繡戶夜攢紅燭市，舞衣暗曳碧天霞。
却愁宴罷青娥散，揚子江頭半月斜。

【評解】

　❶ 尚見跳擲之致。

　總評：

以巧語入詩，中、晚多有之，然全在調度。假如"海上"二句云
人間富貴似海上神仙，則索然矣。

途中望雨懷歸

滿空寒雨漫霏霏，去路雲深鎖翠微。
牧豎遠當烟草立，飢禽遙傍渚田飛。
誰家樹壓紅榴折，幾處籬懸白菌肥❶。
對此不堪鄉外思，荷蓑遙羨釣人歸。

【評解】

　❶ 物色俱極親切。

劉　兼

貧　女

蓬門未識綺羅香，擬托良媒益自傷。
誰愛風流高格調，共憐時世儉梳妝。
敢將十指誇針細，不把雙眉鬥畫長。
苦恨年年壓金綫，爲他人作嫁衣裳❶。

【評解】

　❶ 祇此遂成不蔑之句。

再看光福寺牡丹

去年曾看牡丹花，蛺蝶迎人傍彩霞。
今日再游光福寺，春風吹我到仙家❶。
當筵香並歌唇發，倚檻羞當醉眼斜。
來歲未朝京闕去，依前和露載歸衙。

【評解】

　❶ 扇對格。

韓　偓

安　貧

手風慵轉八行書，眼暗休尋九局圖。

窗裏日光飛野馬，案頭筠管長蒲盧❶。

謀身拙爲安蛇足，報國危曾捋虎鬚❷。

舉世可能無默識，未知誰復試齊竽。

【評解】

❶ 野馬，塵氣，從窗隙日影中見得。蒲盧是螺蠃，生長案頭筆管間。拙至此，亦刻酷矣。

❷ 總是異色，但蟲獸字雜出不撿。

總評：

《西河詩話》曰：韓偓《安貧》詩"案頭筠管長蒲盧"世多不解，豈竹管可長蒲葦耶？按《中庸》："夫政也者，蒲盧也。"舊注：蒲盧是螺蠃。《爾雅》云：即細腰蜂也。嘗取螟蛉蟲納書案筆管間，以土封之，閱數日，即化爲螺蠃。《毛詩》所云"螟蛉有子，螺蠃負之"者。是以人存政舉，可取作證，謂"民易化也"。若《家語》云："天道敏生，人道敏政，地道敏樹。夫政也者，蒲盧也，待化而成。"則夫子直自加"待化"句，以作"敏政"之注，其明確不易，爲何如者？自宋人章句改"盧"爲"蘆"，且以蒲葦當之，不特《中庸》《家語》《爾雅》《毛詩》俱不可解，即韓冬郎一七字句，亦無解處矣。嗟乎！讀經、讀詩皆不可無學如此。

羅　隱

漂母墳

寂寂荒墳一水濱，蘆洲絕島自相親。
青蛾已落淮邊月，白骨甘爲泉下塵。
原上荻花飄素髮，道傍菰葉碎羅巾。
雖然寂寞千秋魄，猶是韓侯舊主人。

西　上

西上青雲未有期，東浮滄海一何遲。
酒闌夢覺不稱意，花落月明空所思。
嘗恐病侵多事日，可堪貧過少年時。
鬥雞走狗五陵道，惆悵輸他輕薄兒。

唐彥謙

蒲津河亭

宿雨清秋霽景澄，廣亭高榭向晨興。
烟橫博望乘槎水，日上文王避雨陵。
孤棹夷猶期獨往，曲闌愁絕每長憑❶。
思鄉懷古兼傷別，況此哀吟意不勝❷。

【評解】

❶ 自是可念，有對此芒芒、百端交集之意。

❷ 不成話。

崔 塗

春夕感懷

水流花謝兩無情，送盡東風過楚城。
蝴蝶夢中家萬里，杜鵑枝上月三更❶。
故園書到經年絕，華髮春唯滿鏡生。
自是不歸歸便得，五湖烟景有誰爭。

【評解】

❶ 此亦膾炙人口之句，但終近俗調，奈何！

胡 宿

塞 上

漢家神箭定天山，烟火相望萬里間。
頡利請盟金匕酒，將軍歸臥玉門關。
雲沉老上妖氛斷，雪照回中探騎閑。
五餌巳行王道勝，絕無刁斗至闐顏。

【評解】

總評：

故作清壯之氣,而縱送逼側,絕少餘地。

崔　魯

春日長安即事

一百五日又欲來,梨花梅花參差開。
行人自笑不得意,匹馬獨吟真可哀。
杏酪漸澆鄰舍粥,榆烟將變舊爐灰。
玉樓春暖笙歌夜,肯信愁腸日九回。

【評解】

總評：

律自大曆後,欲求一全首,必不可得。故是選雖窄,而採擇甚廣,即一字之新,一句之俊,稍有意趣,無不搜錄。苟胸能鎔煉,野花盡可釀蜜也。至於氣調格致,全趣卑弇。此首略見跳脱,較之少陵變調,尚雲壤之隔,然已空谷足音矣。

曹　唐

仙子送劉阮出洞

殷勤相送出天台,仙境安能再入來。

雲液既歸須强飲,玉書無事莫頻開。
花當洞口應長在,水到人間定不回。
惆悵溪頭從此別,碧山明月兩徘徊[1]。

【校記】

[1] 一作"照蒼苔"。

劉阮再到天台不復見仙子

再到天台訪玉真,青苔白石已成塵。
笙歌寂寞閒深洞,猿鶴蕭條絕舊鄰。
草樹總非前度色,烟霞不似向年春。
桃花流水依然在,不見當時勸酒人。

僧皎然

題周諫別業

隱身苕上欲如何,不著青袍愛綠蘿。
柳巷久疏容馬入,水籬裁破許船過。
昂藏獨鶴閒心遠,寂歷秋花野意多。
若訪禪齋遙可見,竹窗書幌共烟波。

金地藏

送童子下山

空門寂寞汝思家，禮別雲房下九華。
愛向竹欄騎竹馬，懶于金地聚金沙。
添瓶澗底休招月，烹茗甌中罷弄花。
好去不須頻下淚，老僧相伴有烟霞。

【評解】

總評：

此釋氏所稱地藏菩薩化身也，其詩之近情乃爾。

徐　氏①

題金華館

碧雲紅霧撲人衣，宿露沾苔石徑危。
風過解吹松上麨②，蝶來頻採臉邊脂。
同尋僻徑思携手，暗指遙山學畫眉。
好把身心清净出，角冠霞帔事希夷。

【注釋】

① 蜀翊聖太妃。

② 謂松粉也。

孫　氏

琴

玉指朱弦軋復清，湘妃愁怨最難聽。
初疑颯颯涼風動，又似蕭蕭暮雨零。
近若流泉來碧嶂，遠如玄鶴下青冥❶。
夜深彈罷堪惆悵，露濕叢蘭月滿庭。

【評解】
　❶ 中四連用四虛紐，純以七古調入律，又一變法。

附　録

後人評點毛奇齡試律詩學文獻輯録

一

毛大可奇齡曰:世亦知試文八比之何所昉乎? 漢武以經義對策,而江都、平津太子家令並起而應之,此試文所自始也。然而皆散文也。天下無散文而複其句、重其語,兩叠其語言作對待者,惟唐制試士改漢魏散詩而限以比語,有破題、有承題、有頷比、有頸比、有腹比、有後比,而後結以收之。六韻之首尾即起結也,其中四韻即八比也。然則試文之八比視此矣。

按:錢竹汀大昕曰:"宋熙寧中以經義取士,雖變五七言之體,而士大夫習於排偶,文氣雖疏暢,其兩兩相對猶如故也。"亦與毛氏意同,若昆山吳喬以代人口氣比之元人雜劇,則過矣。(梁章鉅《制義叢話》卷之一,第八條[1])

二

何義門焯曰:合天下聰明才辨之士治一事,得之則身顯名立,不得則身晦名没,然而無一精者,未之聞也。窮畢世之力攻一藝,父兄勉其子弟,師摩切其徒,然而無一長者,亦未之聞也。至於閱三百有餘歲,英雄豪傑樹功名、釣禄位,舉出其中,而謂是爲卑卑不足

---

[1]　本條以下所選《制義叢話》《試律叢話》均出自梁章鉅撰,陳水雲、陳曉紅校注《梁章鉅科舉文獻二種校注》,武漢大學出版社 2009 年版。

道,果通論乎？自元以八比取士,明躍其事,以至於今,推而褒之者十九,薄而貶之者十一。至國初,毛子大可貶之尤深。然如明之王文成、于忠肅功業赫赫照人,雖三代大臣何以遠過,而其進身皆不出八比,又可薄而貶之乎！嘗取而譬之,《學》《庸》《語》《孟》猶日月之著明,朱子之注則測時之表也,名士之爲時文,則又因表之時而細爲之,畫其刻、詳其分者也。非天之有日月,則表無所施;非表之明時,則分刻亦無所施。故先正之文有足羽翼經傳者,以此耳。(《制義叢話》卷之一,第二一條)

三

試律始於唐,至宋以後,作者寥寥,闕焉不詳。我朝乾隆間始復用之科舉,或稍爲排律,然古人排體詩有數十韻及百韻者,今限以六韻、八韻,則不得以排律概之也。又或稱爲試帖,然古人明經一科,裁紙爲帖,掩其兩端,中間唯開一行,以試其通否,故曰試帖。進士亦有贖帖詩,帖經被落,許以詩贖,謂之贖帖,非以詩爲帖也。毛西河檢討奇齡有《唐人試帖》之選,蓋亦沿此誤稱。惟吾師紀文達公撰《唐人試律說》,其名始定。(《試律叢話》卷之一,第一條)

四

毛西河《唐人試帖序》云:今之詩,非《風》《雅》《頌》也,非漢魏六朝所謂樂府與古詩也,律也。律則專爲試而設。按:先生既爲此言,則何以不稱試律而稱試帖乎？唐以前詩,幾曾有所謂四韻、六韻、八韻者,而試始有之;唐以前詩,又何曾限以五聲、四聲、三十部、一百七部之官韻,而試始限之。是今之所爲詩律也、試詩也,乃人曰爲律、曰限官韻,而試問以唐之試詩則茫然不曉,是詩且不知,何論聲律？且世亦知試文八比之何所昉乎？漢武以經義對策,而江都、平津太子家令並起而應之，此試文所自始也，然而皆散文也。天下無散文，而複其句、重其語、兩疊其話言作對待者，唯唐制試士改漢魏散詩而限以比語，有破題，有承題，有頷比、頸比、腹比、後比，而後結以收之。六韵之首尾即起結也，其中四韵即八比也。然則試文之八比視此矣。今日之試文亦目爲八比，而試問八比之所自始則茫然不曉，是試文且不知，何論爲詩？夫試詩緊嚴，有制題之法，有押韵之法，有開承轉合、頷頸腹尾之法，若措思窅渺，雖備極工幻，具冥搜之勝，而見之而頤解目觸，一若有會心之處遇於當前，夫乃所謂詩也。（《試律叢話》卷之一，第五條）

五

吴中徐商徵曰璉、沈士駿文聲有合輯《唐律清麗集》，每首之後附以零句，注釋、評騭頗詳，唯連載百韵長排體例頗雜。卷首備列諸家論詩之語，有可爲試律準繩者，今摘録如左。

虞山馮氏曰：“排律‘排’字，始於《唐詩品彙》，其名最足貽誤後學。古人雖有排比聲律之語，何曾直稱之爲排律？”胡氏應麟曰：“陰鏗《安樂宫》詩十句，氣象莊嚴，格調鴻整，平頭、上尾，八病咸除，切響浮聲，五音並協，實百代近體之祖。近體之有陰生，猶五言之有蘇、李也。”唐詩平曰：“唐考試多五言排律，此體尤其所加意。今觀諸作鋪叙次第，絶不凌越犯複，而且虚實相間，無癡肥板重之形，則知專煉字句不顧章法者，非唐人意矣。”汪東浦論五言六韵作法曰：“首聯名破題，兩句對仗要工，或直賦題事，或借端引起，若借端則次聯即宜亟轉到題，然兩句亦有參差而起，不盡對者。次聯名承題，又名頷比，破題未盡之意於此補出，全題字眼亦至此全見矣。三聯名頸比，如身之有頸也，破承分舉，此用合擒，不但思意借此變換，抑且句法不至重複，此處最是要緊。四聯名腹比，即八股之中比也,總要切實明白,淋漓盡致而止。五聯名後比,即補足中比之意,或襯墊餘剩之情,以完全篇之局。至於結尾所謂合也,或勒住本題,或放開一步,要言有盡而意無窮,法盡是矣。"(《試律叢話》卷之一,第七條)

六

林辛山聯桂《館閣詩話》云:唐詩各體俱高越前古,惟五言六韵、八韵試律之作,不若我朝爲尤盛。蓋我朝法律之細、裁對之工,意境日闢而日新,錘煉愈精而愈密,虛神實理詮發入微,洵爲古今極則。故紀文達相國《庚辰集》一出,而前人之《近光集》《唐試律》諸刻,及《瀛奎律髓》等書,一時俱廢。學者誠能博觀於館閣諸詩,而以此集爲權衡思過半矣。

按:此言唐試律之不及本朝,但就裁對之工、意境之新、錘煉之密言之。若法律之細,則唐人固不讓於後人。第研究吾師之《唐人試律說》,則知後人之才力,未有不在前人範圍之內者也。又云毛西河檢討謂試帖八韵之法,當以制義八比之法律之,此實爲作試帖者不易之定論。金雨叔殿撰《今雨堂詩墨》嘗引伸其說,至紀文達公《庚辰集》《我法集》所論更無餘蘊也。若法梧門之《同館試律鈔》、王藝齋諸君之《續抄》,亦一代之淵海,不可不瀏覽以盡其才也。

又云:姚文僖公文田嘗言科舉之五言排律,其體實兼賦頌,依題敷繹,惟在意切詞明,所謂賦也。言必莊雅,無取纖佻,雖源本風雅,而閨房情好之詞、里巷憂愁之作,不容一字闌入行間,三頌具存,其體式固可考而知也。善手經營,專在開章得法,如繅絲者引之不竭,則逐節遞生,自無衡決之患。其中亦有疏密離合,非如纍土積薪,徒務平直。旨哉斯言!學試律者,可深思而自得之耳。

　　按：此論甚精，其謂“非如纍土積薪，徒務平直”，尤近人論試律者所未及也。（《試律叢話》卷之一，第一〇條）

七

　　《唐詩紀事》云：中宗正月晦日幸昆明池賦詩，群臣應制百餘篇，帳殿前結彩樓，命上官昭容選一首爲新翻御製曲，從臣悉集其下，須臾紙落如飛，唯沈、宋二詩不下。又移時一紙飛墜，乃沈詩也，及閱其評，曰：“二詩工力悉敵，沈詩落句‘微臣雕朽質，羞睹豫章材’，蓋詞氣已竭。宋詩云：‘不愁明月盡，自有夜珠來。’猶陡健騫舉。”沈乃服，不敢復爭。

　　按：宋之問詩云：“春豫靈池會，滄波帳殿開。舟凌石鯨度，槎拂斗牛回。節晦蓂全落，春遲柳暗催。象溟看浴景，燒劫辨沈灰。鎬飲周文樂，汾歌漢武才。不愁明月盡，自有夜珠來。”毛西河曰：沈詩唯頷比“雙星遺漢石，孤月隱殘灰”二句是晦日與昆池合賦，而他並不及宋，於頸比既有“節晦蓂全落”矣，而結處復顧晦日一句與昆明池、夜珠兩相照合，則仍是應試顧題之法，昭容取之有以也。（《試律叢話》卷之一，第一七條）

八

　　毛西河曰：此題所見唐人凡五首，然多相襲句。如錢詩最警是“流水”“曲終”四句，然莊若訥詩有“悲風絲上斷，流水曲中長”，陳季、魏璀詩俱有“曲裏暮山青”“數曲暮山青”句。始知詩貴調度，此詩調度佳原不止以江上數峰見縹緲也，善觀者自曉耳。紀文達師曰：此詩之佳，世所共解。唯第三句隨手注題，第四句提醒眼目，通篇俱納入“聽”字中，其運法甚密，讀者或未之察也。又曰：臧氏《唐詩類釋》頗訾“白芷動芳馨”句，不知此寫聲氣相感之妙，在可解不可解之間。常建《江上琴興》曰："泠泠七弦遍，萬木澄幽陰。能使江月白，又令江水深。"此豈復可以言詮乎？（《試律叢話》卷之一，第二〇條）

九

又曰：毛西河謂"流水""悲風"是瑟調二曲名，然作者之意，正以流水悲風烘出遠神，爲末二句布勢，如作曲名，反成死句矣。杜詩"無風雲出塞，不夜月臨關"本自即景好句，宋人必以二地名實之，反覺索然無味。況"流水""悲風"之爲曲名，亦並未詳所出乎！（《試律叢話》卷之一，第二一條）

十

又云：劉眘虛《積雪爲小山》第四聯云："以幽能皎潔，謂近可循環。"毛西河謂上句雪積，下句山小，此以文句入詩法。按：此亦開後來一法門耳，必以爲切題好句，則未見也。（《試律叢話》卷之一，第二八條）

十一

濮陽瓘京兆府試《出籠鶻》詩云："玉鏃分花袖，金鈴出彩籠。遙心長捧日，逸翮鎮生風。一點青霄裏，千聲碧落中。星眸隨狡兔，霜爪落飛鴻。每念提攜力，嘗懷搏擊功。以君能惠好，不敢没遙空。"毛西河謂六朝《游獵篇》遜此勁爽，遂爲三唐絕作。又謂"一點"十字寫出籠神筆，而余尤愛後四句雙喻夾寫，倜儻不凡。今人有此想頭，無此筆力。（《試律叢話》卷之一，第二九條）

十二

毛西河曰：裴晉公度《中和節詔賜公卿尺》詩結句云："願續延洪壽，千春奉聖躬。""延洪"二字，世多不解。按：《尚書·大誥》"天降割于我家不少延洪惟我幼冲人"，孔傳以"不少"句，"延洪"又句，"唯我幼冲人"又句。《爾雅·釋詁》云："延，長也。洪，大也。"古讀如此。自宋蔡沈注《尚書》，以"不少延"句，"洪惟"連讀，遂致天壤之間無此二字矣。此詩二字極不關係，然猶見三唐取士亦有學問。即詩人如裴晉公，未嘗不讀書，而此後遂絶響也。《文苑英華》及《詩彙》本皆注云："'延洪'一作'南山'。"此皆不解而妄思改者。"延洪"借尺所絜量以寓祝頌者，作"南山"則索然矣。（《試律叢話》卷之一，第三〇條）

十三

陸宣公贄《禁中春松》句云："香助爐烟遠，形疑蓋影重。願符千載壽，不羨五株封。"典重切題，惟秦封爲五大夫係官名，非五株松也。毛西河以爲詩句自可不拘，是矣。（《試律叢話》卷之一，第三一條）

十四

殷文珪省試"春草碧色"句云："花黏繁鬥錦，人藉軟勝茵。淺映宮池水，輕翻輦路塵。"王叡亦有此題句云："淺深千里碧，高下一時春。嫩葉舒烟際，輕陰動水濱。"二詩工力相仿，而俱未得題神。

毛西河曰：是年光化戊午放榜後，王叡以試帖示鄭谷，谷微嫌未足，亦賦此題，極其刻畫。如"窗紗橫映砌，袍袖半遮茵"，蓋用青草似春袍，與殷作單拈軟茵者已有天凡之隔。又"天借新晴色，雲饒落日舂。嵐光垂處合,眉黛看時顰",賦寫至此,幾於泣鬼神矣。詩思必如是,始稱獨絶。(《試律叢話》卷之一,第三二、三三條)

十五

毛西河曰:公乘億《郎官上應列宿》詩云:"北極佇文昌,南宮早拜郎。紫泥乘帝澤,銀印佩天光。緯結三台側,鉤連四輔旁。佐商依傅説,仕漢笑馮唐。委佩搖秋色,峨冠帶曉霜。自然符列象,千古耀巖廊。"入手絶不似制題,但以清壯之氣行之,此三昧法也。後比用"秋""霜"字,殊不可解,豈是時以主司權輕,借臺省知雜以呵護之,故假霜威寓干請耶?(《試律叢話》卷之一,第三四條)

十六

韓文公有《精衛銜石填海》詩云:"鳥有償冤者,終年抱寸誠。口銜山石細,心望海波平。渺渺功難見,區區命已輕。人皆譏造次,我獨賞專精。豈計休無日,惟應盡此生。何慚刺客傳,不著報讎名。"純寫題意,不顧題面,語語沉著,而不知者以無精采少之,即毛西河亦有率易之評,知詩誠不易也。惟結語似用聶政姊事頗晦,西河以爲引類不合,亦非。(《試律叢話》卷之一,第三九條)

十七

李景《都堂試貢士日慶春雪》詩,人皆賞"灑詞偏入曲,留研忽因方"一聯,此因曲有白雪名,又《雪賦》"因方爲珪"之語,隨手關合耳。其實上兩聯"靄空迷晝景,臨宇借寒光。似暖花融地,無聲玉滿堂"語較勝。毛西河曰:"臨,臨檐也。試場景寫得如畫。"(《試律叢話》卷之一,第四四條)

十八

柴宿一作宋華《海上生明月》詩，前半云："皎皎中秋月，團團海上生。影開金鏡滿，輪抱玉壺清。漸出三山上，將凌一漢横。"此六句具大神力，人所共見。第四韵"素娥嘗藥去，烏鵲繞枝驚"，堆砌無謂。第五韵"照水光偏白，浮雲色最明"，更屬浮泛。結聯"此時堯砌下，蕢莢正敷榮"，則尤爲頌揚俗套，毫無意味可尋。而毛西河評此詩，猶謂制題之中尚存顥氣，初唐之殊於後來如此，真欺人語矣。"三山上"本作"三山峜"。按：《廣韵》："峜，子結切，高山貌。"毛西河嫌其字僻，故易爲"上"，然以"峜"對"横"自有神彩，易"上"字未必是也。紀文達師曰："金鏡玉壺在今日已爲詠月惡套，然自後來用濫，不得歸咎創始之人。"（《試律叢話》卷之一，第五一條）

十九

毛西河曰：吕温《白雲起封中》詩云："對開白雲起，漢帝坐齋宫。望在泥金上，疑生秘玉中。攢柯初繚繞，布葉漸朦朧。日觀祥光合，天門瑞氣通。無心還出岫，有勢欲凌風。倘遣成膏澤，從兹旁太空。"詩已及格，惜通首不曾賦"白"字。張南士嘗曰："何不云'日觀珠光合，天門練影通'？"時聞者皆鼓掌稱善。始知詩境本無盡也。"練影"用孔子登泰山望吴門匹練事，甚合。（《試律叢話》卷之一，第五七條）

二十

白行簡《李都尉重陽日得蘇屬國書》詩云："降虜意何如，窮荒九月初。三秋異鄉節，一紙故人書。對酒情無極，開緘思有餘。感時空寂莫，懷舊幾躊躇。雁盡平沙遠，烟消大漠虚。回頭向南望，掩淚對雙魚。"紀文達師曰:"重陽得書,此事不省出何書,亦不省命題何意。詩則渾灝流轉,迥出諸試律之上。"又云:"此題頗難措語,就題還題,一字不著論斷,可謂善於用筆者矣。"毛西河曰:"《文選》有《李陵答蘇武書》,唐李周翰注曰:'《漢書》曰:陵降後,與蘇武相見匈奴中,及武歸,爲書與陵,令還漢。'今考《漢書》無武與陵書事,而此題且有重陽日得書,事不可解。唐人以小說家事命題,宜爲議貢舉者所薄視也。"(《試律叢話》卷之一,第七〇條)

二十一

康熙五十四年乙未,始定前場用經義性理,次場刊去判語五道,易用五言六韵試律一首。至於大小試皆添用試律,始於乾隆丁丑。越三年而紀文達師即有《庚辰集》之選,每首之後皆有評注,實開風氣之先。越三十餘年而有《我法集》之刻,其說愈精,其格愈老,於試律一道殆無復餘蘊矣。吾師嘗以語及門陳孝廉若疇曰:試律之以古句爲題,始於沈約"江蘺生幽渚"一章是矣。西河毛氏持論好與人立異,所選唐人試律亦好改竄字句,點金成鐵。然其謂試律之法同於八比,則確論不磨。夫起承轉合、虛實淺深,爲八比者類知之;審題命意、因題布局,爲八比者亦類知之。獨至試律,則往往求之題面而不求之題意,求之實字而不求之虛字,求之句法而不求之篇法,於是乎湊字爲句,湊句爲聯,湊聯爲篇,不勝其排纂之勞,幾如葉葉而刻楮。豈知不講題意則題面一兩聯即盡,無怪其窘束也;不講虛字則實字一兩聯亦盡,無怪其重複也;不講篇法別句句可以互換,聯聯可以倒置,無怪其紛紜膠葛也。豈非不知試律之法同於八比,如所謂能以米爲飯,不能以米爲粥哉?余作試律速於他文,亦不過以八比之法行之。譬諸作器,片片雕鏤而綴合,不如模鑄之易也;譬諸取水,瓶瓶提汲而灌溉,不如渠引之易也。吾黨之作試律，如知以八比法行之，其難其易，其速其遲，必有甘苦自知者，又何必舍易趨難，以雕飾填綴自苦哉？《我法集》第一首係《一片承平雅頌聲》，吾師自注云："此題指試場吟哦之聲，嘗見一詩，竟以場中詩賦比《雅》《頌》，句句以《雅》《頌》作對，殊乖本意。且唐制者夜試，以燒燭三條爲限。"此題上句云："白蓮千朵照廊明。"下二句云："纔唱第三條燭盡，南宮風月畫難成。"其次首云："三條燭盡鐘初動，九轉丹成鼎未開。明月漸低人擾擾，不知誰是謫仙才。"是作此詩時尚未閱卷，安得即稱其文乎？故此詩著重全在"聲"字，通首不以《雅》《頌》分對，而於次聯云："文章盛唐代，歌詠續周京。"六聯云："合奏宣功茂，和鳴應節成。"略帶《雅》《頌》之意，而"歌詠"字、"合奏"字、"和鳴"字，仍納入"聲"字中也。如此審題、如此立論，真不惜以金針度人者也。乾隆乙卯會試，榜後磨勘官多所指摘，是科總裁爲聊城竇東皋先生，遂被議左遷。上知竇深因有"公而不明"之論，覆試遂以此四字命題。《我法集》中有擬作二首，其第一首云："人對芙蓉鏡，持衡在主司。云何矜正直，轉不問妍媸。陸贄空期汝，顏標莫辨誰。遂教杏園宴，濫折桂林枝。緣恃情無染，都忘照已疲。驪黃誇闊略，甲乙致參差。所幸平生志，猶蒙聖主知。一言功過定，睿鑒洞無遺。"自注云："公當生明，公何以反致不明？正緣自恃其公，無所愧怍，無所嫌疑，故不詳悉檢點耳。此詩皆發此意。"第二首云："皇心金鏡朗，四照辨毫釐。得失同時見，瑕瑜一覽知。蕭蘭均采擷，瓜李致嫌疑。糾繆何如是，愆尤更諉誰。乃蒙天俯鑒，猶諒意無私。明罰申公論，矜愚示聖慈。權衡歸至當，操縱頌咸宜。應識裁成化，持平總若斯。"自注云："此首暢發前首結處之意，結更推開一層，仰見乾綱獨斷，鑒空衡平，不獨此一事也。"按：此詩按切時事，知人論世，可當詩史。其用筆縱橫起落，亦如游龍矯變，不可端倪，不當以試律目之。然試場中遇此等題,舍此即無由擅長,則未嘗非金科玉律也。村塾陋儒讀此等詩,不審題之原委,輒謂《我法集》詩太近浮滑,真夏蟲不可以語冰矣。(《試律叢話》卷之二,第一條)

二十二

　　毛西河曰:黃文江廣州試《越臺懷古》全首云:"南越千年事,興懷一旦來。歌鐘非舊俗,烟月有層臺。北望人何在,東流水不回。吹窗風雜瘴,沾檻雨經霉。壯氣曾難抑,空名信可哀。不堪登覽處,花落與花開。"結處不露干請,只自傷沉滯,亦是一法。按:此詩蒼蒼莽莽,老筆縱橫,今學唐音者多從此入手。(《試律叢話》卷之七,第四條)

歷代唐人試帖詩選本提要輯録^①

1. 唐省試詩集

此書今未見，亦不知撰者姓名。《宋史》卷二百九《藝文志》八曾載此書，云：“《唐省試詩集》三卷。”清沈復粲《鳴野山房書目》卷四集之二《詩·總》雖亦載《唐省試詩》，但題新安吳勉學輯，作四卷。此則三卷，似不甚合。然此書《新唐書·藝文志》、胡應麟《詩藪》、胡震亨《唐音癸籤》均未載，而載於《宋史·藝文志》，故必當爲宋人所選。

2. 唐省試詩

明吳勉學撰。四卷，今未見。《鳴野山房書目》卷四集之二《詩·總》曾載此書，云：“《唐省試詩》四卷，新安吳勉學編。”視其書名，蓋專選唐省試詩也。

3. 唐科試詩

明佚名撰。此書今未見。黄虞稷《千頃堂書目》卷三十一《總集類》曾載此書，云：“《唐科試詩》四卷。”黄氏爲清初人，曾參與修《明史》，故對明代書籍頗爲熟悉，此又一種也。

4. 唐人試帖

清毛奇齡撰。有清康熙學者堂藏板。奇齡字大可，號初晴，又

————————

① 以下所選唐詩選本提要出自孫琴安《唐詩選本六百種提要》，陝西人民教育出版社 1987 年版。序號爲輯録者所加。

以郡望稱西河,蕭山(今浙江省蕭山縣)人,學問淵博,著述甚多,除此書外,尚有《西河詩話》《西河詞話》《竟山樂録》《唐七律選》等。

此書共四卷,所選皆唐人試帖詩。然大多數都不是名家作品。李、杜、高、岑、杜牧、劉禹錫等皆一首未收。前有毛氏寫於康熙四十年(一七〇一年)的《序》,云:

> 當予出走時,從顧茂倫家得《唐人試帖》一本,携之以隨,每旅悶,輒效爲之,或邀人共爲之,今予詩卷中猶存試律及諸聯句詩,皆是也。……康熙庚辰,士子下第後相矜爲詩,曰:吾獨不得於試事已矣,安見外此之無足以見吾志者,必欲就聲律諮詢可否? 不得已出向所撰《唐試帖》一本,汰去其半,且授同儕之有學者,稍與之相訂,而間以示人。……

此書編選緣起,毛氏叙述詳矣。每詩後皆有注釋、評點。評爲雙行夾評,或爲尾評。其中所謂的"破題""承題"之類,後爲吳學濂《唐人應試六韵詩》一書所備録。

5. 唐七律選

清毛奇齡、王錫撰。有清康熙刊本。王錫字百朋,仁和(今浙江省杭州市)人,諸生,有《嘯竹堂集》等。

此書四卷,專選唐人七言律詩,凡七十五家,詩二百零六首,前有毛奇齡寫的《序》,談到了唐七律在各時期的發展變化:

> ……嘗校唐七律,原有升降,其在神、景大抵鋪練嚴諡,偶儷精切,而開、寶以後,即故爲壯浪跳擲,每擺脱拘管以變之。然而聲勢虛擴,或所不免。因之上元、大曆之際,更爲修染之

習,改巨爲細,改廓爲瘠,改豪蕩而爲瑣屑,而元和、長慶,則又
去彼飾結,易以通侻,却壇坫揖遜而轉爲里巷俳諧之態,雖吟
寫性情,流連光景,三唐並同,而其形橅之不齊,有如是
也。……

　　此書無箋注,却有評語,評語多毛氏之言。奇齡論詩,多與他
人不同,如沈佺期《古意》一詩,昔人均以爲戍夫思婦之詞,而毛氏
則云:"沈詹事《古意》,《文苑英華》與本集題下皆有'贈補闕喬知
之'六字,因詹事仕則天朝,適喬知之作補闕,其妾爲武承嗣奪去,
補闕劇思之,故作此,以慰其決絶之意。"明人何景明等均推此詩爲
唐人七律第一,而毛氏又云:"詹事《古意》即三百遺制,内極其哀
痛,外極其艷麗,前人如何仲默、楊用修輩皆稱此詩爲三唐第一,然
俱不得其解。盲子觀場,稚兒讀《論語》,不知何以亦妄許如此。"又
如:明嘉靖、隆慶時對李頎的七律極爲推崇,而毛氏則在李頎下評
云:"舊盛唐名家多以王孟、王岑並稱,雖襄陽、嘉州與輞川並肩而
不並,然尚可並題。至嘉、隆諸子以李頎當之,則頎詩膚俗,不啻東
家矣。明詩只顧體面,總不生活,全是中是君惡習,不可不察也。"
再如:昔人對杜甫《秋興》八首評價極高,而毛氏云:"八首意極淺,
不過'撫今追昔'四字而已。而詩甚偉練。舊謂杜詩以八首冠全
集,又謂八首如一首,闕一不得,皆稚兒强解之語。"此外,該書對白
居易七律選有二十二首之多,僅次於杜甫,對李商隱只選了一首
《馬嵬》,且大加貶抑。凡此,均可見出他對唐各家七律的看法。劉
聲木在《萇楚齋四筆》卷七中曾感慨地説:"太史學問淹通,撰述宏
富,在國朝自不能不推爲大家,惟其生平撰述專與宋儒相詰難。"從
此書看,毛氏不僅與宋儒詰難,且與明人論詩也大相徑庭。

6. 唐五言六韵詩豫

不著編者姓氏,但題花豫樓選訂。有清康熙間刊本。前有《序》,對此書編選緣起,叙述甚詳,全文如下:

> 唐以詩取士,定五言六韵爲式,或有增減者,出之偶然,不可爲訓也。後世多取經義,兼收詩賦,本朝試士諸體悉備,而於詩獨闕。今廷議欲後場減判增詩,遵爲定制。然昭代詩學雖盛,第恐窮鄉僻壤,後生幼學不知六韵體裁,因搜李唐三百年來應制應試,天時地輿,游覽寄贈,花鳥事類,凡五言六韵之佳者,彙成卷帙,句法體格,無不兼善,既可擬試帖以守繩規,復可擴而充之以資吟詠。即間有字句不叶,而但取全篇貫徹者,用以仿之,能肆其馳騁之才焉。是吾不敢薄待天下士之意也。

康熙乙未夏日,花豫樓主人識

此書共四卷,專選唐人五言六韵詩,卷一以張説爲多,王維次之,餘皆二十首以下;卷二以錢起爲多,杜甫次之,餘皆四十首以下;卷三以白居易爲多,取八十首,姚合次之,劉禹錫又次之;卷四以無名氏爲多,馬戴次之,餘皆十三首以下。詩後無箋注,偶有評語,皆作法、對法之類,如在白居易《罷府歸舊居》後云:"五、六、七、八隔句對。"在竇常《求自試》後云:"九、十流水。"即使這些評語,亦很少見。

7. 唐人應試六韵詩

清吳學濂撰。有清康熙乙未(一七一五年)刊本。學濂字曦州,仁和(今浙江省杭州市)人,約生活於清康熙年間。

此書專選唐人應試五言六韵詩,共四卷,卷一爲賦物:内分天、地、樂、文、武、珍寶、器用、祥瑞、花草、木、鳥獸、鱗介、蟲等十三類;卷二爲賦事:内分天、歲時、地、人事、宮室、朝省、音樂、文、武、珍寶、服用、花木草、鳥獸、鱗等十四類;卷三爲應制:内分歲時、扈從、燕享、詠物四類;卷四爲酬應,内分宴集、贈答、登臨、送別、寄懷等五類。前有題名爲"山秀"所撰的《序》和作者自撰的《例言》。《例言》云:"西河毛太史論試帖體謂一、二爲破題,三、四爲承題,亦名額比,五、六爲頸比,亦名虛比,七、八爲腹比,亦名中比,九、十爲後比,連額、頸、腹爲八比,十一、十二爲結尾,明代取士倡八比法本此,稍涉傅會,然於作法互有發明,備録附覽。"今檢全書,毛氏之語並未見録,亦無評點、箋注,僅偶有題解而已。

8. 唐人應試

清趙冬陽撰。有清康熙五十四年(一七一五年)桐村書屋刊本。冬陽生平未詳,約生活於清康熙年間。

此書二卷,一册,有注釋,專選唐人應試詩,現藏南京大學圖書館,余曾多方探求此書之詳,終未如願。

9. 全唐五言八韵詩

清張希賢、李文藻撰。有清刊本。張氏字號不詳,文藻字素伯,均益都(今山東省益都縣)人,約生活於清康熙、雍正年間。

此書共四卷,專從徐倬《全唐詩録》中選出五言八韵詩四百餘首,初、盛、中、晚各不偏廢。其中皇帝取唐太宗、唐玄宗二家,公卿名士一百三十九家,聯句十六家,以白居易詩選最多,二十七首,錢起次之,十五首,餘皆十五以下。前有張希賢和李文藻的《序》各一

篇,並將王士禎的《律詩定體》(即《聲調譜》)冠於書前。關於此書選詩比例,張《序》最詳,云:

　　……御制、應制、應試十之三,詠物、贈答十之七,拗體、齊梁體間亦收入,意圖大備,實無甲乙。其鴻篇鉅制,既有裨於場屋,而刻畫山水,攄抉胸情之什,亦足以供陶冶,資倡酬,以通於風、騷之旨。
　　……

其選詩比例及其意圖,蓋已可見。然此書無箋注、評點,僅有校正而已。

10. 唐七律選

此亦爲王熹儒所撰,今未見。《重修興化縣志》卷九《書目》曾載此書,云:"《唐七律選》,王熹儒編。"視其書名,蓋專選唐人七言律詩,與毛奇齡、顧有孝等所選諸本同一詩體也。

11. 試體唐詩

清毛張健撰。有清康熙丙申(一七一六年)刊本。此書四卷,專選唐人五言試體詩,分頌述、天文、時令、地理、花木、金玉、音樂、鳥獸、雜題、應制、早朝、寓直等十五類,凡二百十九首。書前有毛氏自撰的《雜說》和沈德潛的《序》。

毛氏《雜說》云:

　　五言不專六韵,唐初應制諸詩可考。試必以六韵者何?蓋權乎長短之宜而取其中以爲式也。間有八韵、四韵者,傳作寥廖，而六韵爲多，誠試體之準則，學者神明其法，則雖或有體制長短之異，而權度既得，可以應之有餘矣。……

沈《序》云：

　　詩之教大矣。成周盛時，采之國史，掌之太師，薦之清廟明堂，播之祈年飲蜡，雖田夫野叟，婦人豎子，莫不能詩，迨其後詩教寖衰。至有唐用以取士，則先王之遺意猶有存者。而必限之以聲律，束之以偶比，蓋所以納天下瑰偉閎達之才於規矩準繩之內，使平其心，和其志，以形容盛德而潤色太平，非苟焉已也。余嘗綜其前後而論之，初、盛以前，體裁鉅麗，隊仗整嚴，而或沿陳隋浮曼之習；中、晚以後，琢句追章，刻畫工致，而漸開五季佻巧之風。……顧宋、元以來，選試帖者無慮數十家，而求其精且當者，則斷推婁東毛鶴汀先生本。先生詩學深邃，其所自著固已入唐賢之室而齎其藏。嘗校《唐體》《杜詩》諸編，莫不自具手眼，而《試體》一選，於章句、段落、前後、虛實、分合、照應之法，剖示尤詳，洵後學之金針寶筏也。……

此書有箋注，爲雙行夾注，然不甚詳。亦有評語，多章法結構，如評黃滔《襄州試白雲歸帝鄉》詩云：“通篇只做‘白’字、‘歸’字，偏不做‘雲’字，高手。”亦有不從章法結構處評的，如評無名氏《霜隼晴皋》詩云：“深情遠致，含蓄無窮。”然極少。

12. 唐律評選

清曹廷機撰。《杭州藝文志》作曹運機，當爲同一人。此書今未見。《杭州藝文志》集部六《總集類》曾載此書，云：“《唐律評選》

四卷,國朝諸生,海寧曹運機星齋輯。"《海寧州志稿》卷十四《藝文志》十四亦云:"曹廷機:《唐律評選》四卷。"書名下且附有曹氏的《序》文一篇,兹録如下:

　　凡作五七律詩,大約前四句一斷,後四句一斷,或先説情後説景,或先説景後説情,或情中寫景,景中寫情。總宜活變,不可泥以成法。第一聯起,二聯承,三聯開,四聯合。又宜呼應,不可以塗澤爲工。學詩者先學律詩,猶學書必先楷書也。前後呼應、層次虚實,猶作八股文法也。凡詩類然。而杜律更細,如《至日遺興奉寄北省舊閣老兩院故人》之類,前六句一斷,後二句一斷也;如《登高》之類,四聯皆用對偶也;如《九日》之類,前二聯與末一聯俱言情,只第三聯是景也;如《曲江》之類,第四句束上起下,直喝到第四聯也;如《九日藍田崔氏莊》之類,通首關合,每聯開合,"藍""玉""遠""高""興""今"字平仄互易,是兩句及一句救法也。余雖不能窺詩之奧窔,每課兒輩暇,筆而識之,即以作書作文法喻之,爲同門葛玉湖璇稱賞,力勸詮次。爰手編爲四卷,名曰《唐律評選》,聊爲暮年寄興之一端云。至詩中變化從心,無法不備,是在善讀者。

　　　　　　　　　　　　　　　　乾隆四十一年,歲在丙申夏五月

　　此書編選緣起和經過,叙之詳矣。曹廷機爲曹澄從子,字審衡,號星齋,海寧(今浙江省海寧縣)人,諸生,以耆德著名於世。

13. 唐人試律説

　　清紀昀撰。有清乾隆庚辰(一七六〇年)刊本。一册,所選皆唐人五言試律詩,隨見隨鈔,不分卷,亦不以作者先後排列,首爲元積《數黃》,末爲祖詠《終南積雪》,凡數十首。前有紀昀的序,末有其外甥馬葆善和紀昀的跋文各一篇,略述該書梗概,紀《序》鈔録如下:

> 詩至試律而體卑,雖極工,論者弗尚也。然同源別派,其法實與詩通,度曲倚歌,固非古樂,要不能廢五音也。邇來選本至夥,大抵箋注故實,供初學者之剽竊。初學樂於剽竊,亦遂紛然争購之。於鈔襲誠便矣。如詩法何? ……若夫入門之規矩,則此一册書略見大意矣。是書也,體例略仿《瀛奎律髓》,爲詩不及七八十首,采諸説不過三兩家,借以論詩,不求備也。詩無倫次,隨説隨録,不更編也。其辭質而不文,煩而不殺,取示初學,非著書也。持論頗刻,核欲初學知所擇,非與古人爲難也。管窺之見,不過如此,如欲考據故實,則有諸家之書在。

馬葆善《跋》云:

> 己卯之春,葆善從舅氏讀書閲微堂,於時科舉增律詩,舅氏授經之餘,亦時以是督葆善。……因舉案上唐詩律,句句字字爲葆善標識,葆善敬録藏之。積半歲餘,得若干首,重請舅點勘,繕寫成帙,以備遺忘,且以公之同志者。　是歲中元前三日葆善謹識。

紀昀《跋》云:

> 此書以己卯六月脱稿,從游諸子偶以付梓。七月中,余往

山西典鄉試,諸子亦匆匆入闈,未及校正,坊人率爾印行。今歲偶復閱之,字多訛誤,因重爲點勘。又隨筆更定十餘處,字數無多,易於剞劂,遂再刊此本,而識其本末於後。　庚辰九月,昀又書於綠意軒。

可見此書亦專爲當時科舉所用。每詩後皆有述説,有如串講,甚詳,亦難免章法結構之語,然甚有條理,亦深入淺出,似又高於同類選本。

14. 唐詩試帖詳解

清王錫侯撰。有清乾隆江西刊本。錫侯爲新昌(今江西省宜豐縣)人,乾隆舉人。曾作《字貫》一書,對《康熙字典》頗多糾正,爲怨家王瀧南所首告,乾隆帝以其《凡例》内將廟諱及御名開列,遂治王錫侯以大逆之罪,其書均被禁毀。此書亦不例外。《清代禁書總目》曾云:"應毀王錫侯悖妄書目……《翻板唐詩試帖詳解》……"

因此書在清代曾被毀禁,故現存數量不是太多,僅安慶市圖書館等幾個地方有藏本。共十卷。視其書名,似亦專選唐人試帖詩,爲當時科舉制度所用。余欲知此書之詳多年,終未如願。

15. 唐律試帖箋釋

清鍾蘭枝撰。蘭枝字露皋,號芬齋。海寧(今浙江省海寧縣)人,乾隆戊辰(一七四八年)進士,由編修歷官至内閣學士,兼禮部侍郎。

此書今未見。《海寧州志稿》卷十四《藝文志》十一曾載此書,云:"鍾蘭枝:《名臣要覽》四册,《歷朝詩萃》二十四卷,《唐律試帖箋釋》。"並特意在《唐律試帖箋釋》名下注明:"視學陝甘時,因邊

士不知試帖之法,刊此流布,以爲程式。"短短數語,而該書編選之
旨概已可知。

16. 唐人試帖詩鈔

清張尹撰。有乾隆丁丑(一七五七年)刊本。張尹字無咎,號
華農,桐城(今安徽省桐城縣)人,乾隆進士。除此書外,尚有《石冠
堂集》。

此書亦是應當時科試改判爲詩的需要而出籠的。共四卷,所
選亦皆爲唐人五言試帖詩。以試題内容分類編次。前有張尹的
《序》,云:

> 詩爲王化之原,聖教之首,今天子特崇焉。於乾隆二十二
> 年詔鄉、會之二場改判爲詩,蓋兼有唐之試士,以協成周之采
> 風。於是天下士子群騶騶於詩帖矣。……尹嘗研究於是,因
> 悉取而點定之,以問世庶。承學者有所依永,必從律而不奸,
> 以摻縵安弦,相與鼓吹休明。上媲於成周風雅,正以不負我皇
> 上正人心端,學術之至意,亦治學之一助云。

該書編選緣起,叙述甚詳。書中不僅有詩人小傳,且有箋注和
評語,對好句亦有圈。評多雙行夾評,亦多尾評。評語或長或短,
參差不一。

17. 唐詩試帖箋林

清秦錫淳撰。有清乾隆二十三年(一七五八年)刊本。八卷,
現安慶市圖書館、北京大學圖書館均有藏本。余曾專訪此書,終未
能見。視其書名,蓋亦專選唐人應試之詩,爲當時科舉考試所用

也。《台州經籍志》卷三十八《集部·總集類》曾載此書,云:"《試帖箋林》八卷,清臨海秦錫淳選評。其門人天台陳兆熊渭占、白山三成廣、華興德含滋參注,男光行涑、通行汾同校。前有乾隆戊寅金壇于敏中、錢塘周鼎、江寧錢大士序,今潘氏三之齋藏有刊本。"

錫淳爲臨海(今浙江省臨海縣)人,約生活於清乾隆年間。

18. 唐人省試詩箋

清張桐孫撰。有香遠亭藏板。桐孫字介封,堂邑(今山東省堂邑縣)人,約生活於清乾隆年間。

此書分上、中、下三卷,專選唐人省試詩,以五言六韵爲主,五言四韵和五言八韵間采數首,附録於後。書前有朱輝玨寫的《序》,以爲"唐人省試詩,唐詩之一體也。選唐詩者多矣,而選省試詩者獨少"。故對張氏此書大加推許。然張氏此本亦不過從《文苑英華》、《唐詩雋》、《唐詩類函》、張之象《唐詩類苑》、毛奇齡《唐人試帖》等選本中擇其雅馴者而成。雖無評點,然有箋注。方法上有意模仿李善注《文選》之例。其《凡例》並具體説明:"箋注但注典故,亦有間疏文義者,或詩意委折,或他説訛誤,則箋一二語,加按字以別之。"對於毛奇齡《唐人試帖》中的注,有時亦加采用。

19. 唐省試詩箋注

清陳訏撰。有清乾隆戊寅(一七五八年)學海樓發兌本。陳訏字言揚,海寧(今浙江省海寧縣)人,貢生,以黄宗羲爲師,與查慎行同里友善。除此外,尚有《宋十五家詩選》《時用集》等。

此書十卷,以《文苑英華》爲原本,專選唐人省試詩,亦應當時科舉制度之需。前有沈如淳寫的《序》,詳細説明了此書的編選緣起,並介紹了該書的一些情況,云:

……夫試士以詩,始於有唐,而聲詩亦莫盛於唐。則唐省試詩者,所謂有司之繩尺所由,造於神妙之津梁也。海昌陳宋齋先生就《英華》原本,從而箋評之。詳其作法,品其高下,辟其襲訛沿謬,引繩切墨於作者得失之所以然,使握管摛辭者知所采擇,先路之導端在是矣。今功令頒行,唐律家弦户誦,而先生箋評唐省試詩,獨秘篋衍,不公同好,則全唐一代之試詩無由而窺,先生津逮後學之盛心亦無由而見,會友人刊刻。是箋告成,深幸海内得籍指南,由繩尺而進於神妙,爲場屋必利之器。余與先生三世締交,重展是編,如聞謦欬,不勝慷慨繫之矣。

除《序》之外,書前尚有《省試詩》一文,對省試詩一體特加説明,州府試亦附在一起説明。所選皆五言詩,未必大家名家,小家亦不少。書中有評釋、圈點、旁批,評釋多作法之類,如在王濯《清明日賜百寮新火》詩後云:"六韵詩,首聯、次聯即應將題中眉目點清,下數聯發揮方有根蒂。"評熊孺登《日暮山河清》詩云:"通首説清。第五聯更有實景,若無此便不開展。"凡此甚多,皆爲當時士林應試之用。

20. 唐試律箋

清朱琰撰。有清刻本。朱琰字笠亭,海鹽(今浙江省海鹽縣)人,約生活於清乾隆年間。

此書共分上、下二卷,亦專選唐人應試之作,皆五言排律,書前無序無跋,然有目録,且附有《試律舉例十二則》,專述試律作法。所選自王維始,至無名氏止,初唐不録,盛、中、晚三代各不偏廢。所選亦未必皆爲大家、名家,亦有不少小家。無評語,然有題解、箋注,甚詳。亦有作家小傳。

21. 試帖纂注

清范文獻、黄達、王興模撰。有清寳奎堂刊本。文獻字瀛山,達字海槎,興模字匏如,均雲間(今上海市松江縣)人,約生活於清乾隆年間。

此書四卷,末又有補編一卷,内題:唐人試帖纂注。前有目録,且有王興模的序文一篇,全文如下:

> 唐以詩賦取士,生其時者,莫不研精聲韵之學。試帖一體,有司以爲合於程度而取之者也。國朝承有明制科之法,得人極盛。聖祖仁皇帝加意右文,別開博學宏詞科,搜羅俊彦,曾降諭旨,以二場五判改試唐律,未及舉行。我皇上嗣憲皇帝統以來,文治日新。時巡再舉,東南英俊以詩賦進獻行在者,叠被寵恩,又念論表判條均易撘捿,無關聲韵,欽命易以五言八韵唐律一首,應禮部試者,如之所以振興風雅、長育人材者至矣。長夏園居,皆海槎、瀛山兩君取唐人試帖編次,得若干首,粗加注釋,公諸同好,愧未該備,抑亦鼓吹休明之一助云爾。

可見此書亦專選唐人試帖之詩,爲當時科舉服務也。共三百餘首,有注釋,無評語。注皆箋注,附詩後。其《凡例》云:"篇中援用典故處,特加引釋,以便檢閲。"又云:"題必考訂來歷,唐人或使時事,或引古語,今悉於題下注明。"又云:"唐制命題有不盡限韵者,聽舉子自拈題字爲韵。是編專以平韵爲準,仄韵從删。"讀此數句,其注釋及詩選之况,亦約可見矣。

22. 全唐試律類箋

清惲鶴生、錢人龍撰。有清乾隆春橋書屋藏板。鶴生字皋聞，號誠翁，人龍字汝允，均武進（今江蘇省常州市）人，約生活於乾隆年間。

此書共十卷，無序，所選皆唐人五言六韵詩，亦爲當時科舉考試服務也。所謂"類箋"者，即書中所選詩，亦以天文、地理、草木、鳥獸、蟲魚、珍寶、人事等類加以編次，然後再加以箋釋。除此之外，尚有題解、旁批、圈點諸項。大概因爲有了旁批的緣故，詩後的評語極少。如在李仲虞《初日照鳳樓》詩後云："此詩毛大可先生選唐試帖第一首，然全屬毛改本，首句改'旭景開宸極'，第七句以下全改……雖似工麗，然失真矣。此依《英華》録。"評語情況，可見一斑。旁批則多"對起""實寫""寓意""一句點全題"等章法結構之類的話。書後尚有武進惲宗和手編的《全唐試律類箋聲調譜》，對五言排律的聲調叙説頗詳。

23. 唐詩應試備體

清沈叶棟撰。有最古園刊本。沈氏生平不詳，錢塘（今浙江省杭州市）人。

此書十卷，書末尚有《補遺》一卷，亦專選唐應試五言詩。所選並非皆大家名家之作，亦有許多默默無聞的小家。初、盛、中、晚各不偏廢。書前無序，然有《凡例》。云："選諸集中所載之詩，其有經前輩名人評定者多載。是集至有新舊二本不同者，必仍其舊，以存試詩之藍本也。"又云："是集考核精詳，注本句下，便於披閱。若人人共曉者，更不多贅。"又云："是集搜羅試帖，得五百餘首，分爲十卷，凡天地、歲時、珍寶、服御，以及昆蟲草木之類，編次詳明，因題收入,正不必別爲初、盛、中、晚也。"又云:"是集徵引諸書,嚴加參訂,凡有事迹於詩,未安者,必質諸同學,務使詞義、比附、本末燦然,此亦疑義與析之意,並不臆爲揣度,屈古人以從我也。"此書分類體例、考核校正諸項,述之詳矣。注皆雙行夾注,並不多,評語反倒多些。皆雙行夾評,亦多章法結構,如"出手敏""結亦匠心"等等,不脱清時評詩餘習。

24. 唐試帖約

清喻端士撰。有清嘉慶刻本。端士約生活於清乾隆、嘉慶年間,生平未詳。

此書二卷,專選唐人試帖詩,且有評語,現藏山東省圖書館。余曾專程訪求此書,終未能見。